KB074979

조용한 흡혈마을

차례

프롤로그

검은 비가 내리는 조선 어느 산사의 밤은 날카로운 칼날에 베이고 있었다. 관복의 윤과 흑도복의 성재는 서로의 숨을 끊어내기 위해 환도를 휘둘렀다. 무예가 뛰어나고 힘이 특출나게 센 젊은 윤을 당할 자는 조선 팔도에 없었다. 오직 그의 스승 성재만이 윤의 칼날을 비껴갔다.

정확히 말하자면 성재의 심장에 칼을 박아도 그를 죽일 수는 없었다. 성재의 피부는 칼로 베어도 눈 깜짝할 사이에 재생되었다. 인간의 회복성이 아니었다. 성재의 옷깃을 적시던 보라색 피는 순식간에 멎었고 살갗은 시간을 거꾸로 되돌린 듯 흉터 없이 아물었다.

윤은 눈으로 보고도 믿을 수 없었다. 늙지도 않고, 젊은이의 모습으로 수백 년을 살아온 괴물이 바로 자신의 스승이었다. 윤은 한이 서린 표정으로 어금니를 꽉 깨물었다.

낭창낭창 휘어지는 대나무 줄기를 밟고 대치한 두 남자는 가쁜 숨을 고르며 한동안 말을 잇지 못했다. 성재의 초연한 목소리가 잠깐의 정적을 몰아냈다.

"인간의 칼로는 나를 벨 수 없다."

윤의 속눈썹이 파르르 떨렸다. 이로써 모든 것이 명확해졌다. 이 밤이 마지막 기회임을 직감한 윤은 칼날 끝을 잡아 왼손에 긴 상처를 냈다. 차가운 칼날 위로 검붉은 피가 흘렀다. 윤은 비장한 목소리로 말했다.

"흡혈귀와 인간 사이에서 태어난 아이는 흡혈귀 사냥의 운명을 지닌다."

"……."

"그를 담피라고 부르지."

성재는 당혹감과 슬픔이 엇갈리는 눈빛으로 윤을 응시했다.

"설마……."

성재의 흰 눈동자에 핏기가 차올랐다. 윤은 숨을 한껏 몰아쉬고는 피 묻은 칼을 머리 위로 세워 들었다.

"너를 스승이라 여긴 일월들을 씻어낼 것이다. 담피의 피가 더러운 흡혈귀의 숨을 삼켜줄 것이다."

성재가 물기 어린 눈으로 윤을 아련히 바라보았다.

"윤아……."

윤은 대나무를 힘차게 걷어차고 날아올라 성재의 가슴에 피 묻은 칼을 푹 찔러 넣었다. 성재의 반격은 없었다. 너무 쉽게 제 가슴에 적의 칼을 받아들였다. 성재는 보라색 피를 울컥 토하면서도 희미하게 미소를 지었다.

당황한 쪽은 윤이었다. 분명 담피인 자신의 피는 성재의 상처를 아물지 못하게 했을 것이다. 완전한 귀멸이다. 한데 성재는 마치 죽음을 기다린 것처럼 보였다. 윤은 엄청난 난제가 머릿속으로 훅 쳐들어온 기분이었다.

"왜……."

성재가 애틋한 눈빛으로 힘겹게 입을 열었다.

"보고…… 싶었다……."

"……."

"윤아…… 내가 네…… 아비다."

윤은 방금 휘두른 칼을 자신의 머리에 찔러 넣은 듯 아찔했다. 시공간이 뒤틀리고 현기증이 났다. 윤이 정신을 차리고 다급히 성재의 가슴에 꽂힌 칼을 잡아 뽑으려 했다. 하지만 성재가 윤의 손을 꽉 붙들고 칼날을 제 가슴으로 깊숙이 밀어 넣었다. 칼자루만 남긴 채, 칼날이 성재의 몸통을 완전히 관통했다.

윤은 비틀비틀 뒤로 물러서더니 자리에 털썩 주저앉았다. 흡혈귀라는 존재가 있다는 것도 믿을 수 없었고, 자신이 반인반귀인 담피라는 것도 믿을 수 없었다. 게다가 자신이 겨눈 칼날을 스스로 받아들인 이자가 아버지라니.

아버지 없이 자라 아버지처럼 여겼던 스승이었다. 그 스승을 죽여야 하는 운명을 받아들이기까지 수년간 망설이고 서성여야 했다. 그런데 이렇게 허무하다 못해 애통한 일이라니. 윤은 고통스럽게 피를 토하는 성재를 바라볼 뿐 말을 잇지 못했다.

검은 빗물에 섞인 눈물이 성재의 볼을 타고 흘러내렸다. 잠시 후 그의 눈이 스르르 감겼다. 윤은 그제야 무릎걸음으로 다가가 성재를 부둥켜안고 짐승처럼 울부짖었다. 너무 비정한 죽음이며, 가혹한 운명이었다.

*

보윤은 채색을 마친 태블릿에 〈조선 흡혈 종사관 담피〉 시즌 2에서 만나요'라고 썼다. 드디어 웹툰 한 시즌을 마무리했다. 보윤은 메일 전송 버튼을 누르고 서안 위의 물건들을 정리했다. 태블릿으로 작업해도 콘티만큼은 직접 연필로 그리는 탓에 지우개 가루가 흩어져 있었다. 보윤은 지우개 가루를 한데 모아서 바닥으로 탁탁 털어냈다.

"바둑아, 밥 먹자."

충전 중이던 로봇청소기가 양쪽 솔을 팔랑거리며 달려왔다. 로봇청소기는 좌우를 오가며 지우개 가루를 가볍게 빨아들였다.

"흘리지 말고 깨끗하게 먹어야지. 옳지, 착하다."

배를 불린 로봇청소기가 방향을 틀어 제자리로 돌아갔다. 보윤은 애완견을 보듯 흐뭇한 미소를 지었다.

작업실은 화초도를 수놓은 병풍부터 가구까지 전부 조선 시대에 머물러 있었다. 옥빛 한복에 상투까지 단정하게 틀어 올린 젊은 보윤도 마찬가지였다. 단지 몇몇의 가전제품만이 130년 시간의 격차를 보여줄 뿐이었다.

인간이 되는 신약

잔잔하게 일렁이는 바다 위, 절벽과 숲으로 둘러싸인 자귀도가 자욱한 안개 속에 침잠해 있었다. 외부에서 보면 특별할 게 없는 작은 무인도였다.

"심봤다아!"

칠봉의 쩌렁쩌렁한 목청이 섬의 정적을 깼다. 동굴에서 잠들어 있던 박쥐들의 눈이 번쩍 뜨였다. 이어서 돼지 멱따는 소리가 또 한 번 허공에 울렸다.

조선 시대에 자귀도는 황 대감의 별장이 있던 섬으로 십여 가구가 살고 있었다. 동백항 인근에 살던 황 대감은 식솔들과 자귀도에 잠시 머물다가 흡혈귀의 변을 당했다. 사건 당시 죽은 이들은 동쪽 숲에 묻혔고, 흡혈귀가 된 이들은 햇빛을 피해 숲이 우거진 섬 안쪽에 모여 살았다.

섬사람들은 조선 시대의 생활 환경을 지금까지 이어오고 있었다. 백 년 넘게 고립되다 보니 큰 불편함을 느끼지 못했다. 오히려 새로운 것에 대한 거부감이 컸다. 그래서 여전히 상투를 틀고 한복을 입었다. 볏짚을 매번 뭍에서 공수하는 일이 어려워 초가지붕을 기와지붕으로 바꾸고 몇 가지 문물만 받아들였을 뿐이었다.

랜턴을 든 행랑아범 칠봉아비가 잰걸음으로 비탈길을 올라갔다. 갓 서른을 넘긴 모습의 칠봉아비는 작은 키에 어깨가 다부졌다. 대대로 황씨 집안의 머슴으로 살았고, 흡혈귀가 된 지금도 그 신분에는 변함이 없었다.

황씨 가문 보윤의 작업실에 발이 닿기도 전에 달뜬 칠봉아비 목소리가 성급하게 먼저 튀어나왔다.

"도련님, 상이 다 차려졌습니다. 잠시 다녀가시죠."

"곧 일어날 테니, 먼저 가 있게."

방 안에서 보윤의 목소리가 들렸다.

"예."

칠봉아비는 방실방실 웃으며 비탈길을 뛰어 내려갔다. 원래는 상전을 기다렸다가 랜턴 불빛으로 길을 밝혀야 했으나, 백 년 넘게 살다 보니 위계가 많이 무뎌졌다. 앞서 내려간들 딱히 할 일이 있는 것도 아니었다. 그저 오랜만에 잔치 분위기를 즐기고 싶었다. 오늘은 아들인 칠봉이가 큰일을 해낸 날이었다. 흡혈귀인 섬사람들에게 가장 중요한 신약을 머슴인 자신의 아들이 만들어낸 것이다. 칠봉아비의 벌어진 어깨가 더욱 넓게 펴졌다.

잠시 후, 보윤이 방문을 열고 나와 태사혜에 발을 집어넣었다. 달빛이 어두운 길을 밝히기에는 숲이 깊었다. 보윤은 도포 소맷 자락에서 핸드폰을 꺼내 들었다. 핸드폰은 뭍과 연락을 취해야 하는 보윤과 칠봉만 가지고 있었다. 보윤이 핸드폰에 내장된 플 래시를 작동시켜 밤길을 밝혔다. 연일 밤샘 작업에 피로했지만, 보윤의 표정도 칠봉아비와 다를 바 없이 상기되어 있었다.

평소보다 빠른걸음을 한 보윤은 마을에 다다르자 핸드폰 조명 을 껐다.

"인간 피가 그리 맛있었어?"

담장을 넘어온 개똥어미의 목소리에 보윤이 걸음을 멈췄다. 실 과 바늘처럼 개똥아비의 목소리가 뒤따랐다.

"내가 어떻게 알아. 기억 안 나? 우린 광에 갇혀서 서로 피를 빨 았잖아."

"그랬지, 참. 우리 서방은 기억력도 좋아."

생선을 구우며 수다를 떠는 것인지 담장 위로 연기가 모락모 락 피어올랐다.

"훈이 도련님이 제 집 식솔들 피를 죄다 빨아 죽였으니 피 맛 은 제일 잘 알 거야."

"하긴, 피도 먹어본 놈이 찾는 법이지."

보윤은 인간의 피 맛이 어떨지 잠시 궁금해졌다. 사람이 느끼 는 피 맛과 흡혈귀가 되어 느끼는 피 맛이 다르다고 했다. 마약과 같다고 했던가. 그러자 예전에 상처가 심하게 났을 때 진통제 삼아 대마를 씹었던 기억이 떠올랐다. 대마를 잘근잘근 씹고 침을 삼키면 몸이 노곤해져 통증을 잊을 수 있었다. 기분도 좋아져 자꾸만 히죽거렸다. 그리 생각하니 박훈이 인간의 피 맛을 그리워하는 것도 조금은 이해가 됐다.

하지만 한번 인간 피를 맛보면 멈출 수가 없었고, 그 통에 죽어나간 이가 한둘이 아니었다. 간신히 살아남은 인간들을 뭍으로 내보내고 나서야 섬을 가득 채웠던 피 냄새가 사라졌다. 보윤은 그 옛날의 아비규환이 떠올라 진저리를 쳤다.

황 대감의 넓은 마당에 잔칫상이 차려졌다. 마당 한쪽에 있는 가마솥에는 뽀얀 국물이 보글보글 끓고 있고, 그 옆으로는 핏기 없는 돼지 한 마리가 갈비뼈를 훤히 드러낸 채 허공에 매달려 있었다. 항아리에는 돼지 피가 가득 담겨 출렁거렸다.

섬의 주인이며 제일 어른인 황 대감과 그의 외아들 보윤이 상석에 앉고, 그 곁으로 박훈과 부인 김복분, 개똥이 내외와 개똥이, 칠봉아비와 칠봉이 도열하여 앉았다. 이 흡혈귀들이 자귀도 주민 전부였다.

열여덟 살에서 나이가 멈춘 박훈은 호리병을 면포로 받치고 와인을 따르듯 자신보다 세 살 위인 부인 복분의 유리잔에 돼지 피를 따랐다. 졸졸 잔으로 옮겨지는 피를 박훈 내외는 흐뭇하게 바라봤다. 복분은 붉은 피가 담긴 잔을 가볍게 흔들며 와인을 시향하듯 냄새를 맡았다. 그러고는 만족한 듯 고개를 끄덕였다. 아이가 없는 두 사람은 수탉인 꼬꼬를 자식처럼 키우고 있었다. 붉은 볏과 흰 깃털을 가진 꼬꼬는 붉은 목도리를 목에 앙증맞게 감고 복분의 품에 안겨 꾸벅꾸벅 졸고 있었다. 정성껏 보살핀 덕에 꼬꼬의 털은 윤기가 반지르르했다.

섬사람들은 한복 차림을 하고 머리는 쪽을 지거나 상투를 틀었다. 열세 살 몸에 갇힌 개똥이는 곱게 땋아 내린 머리끝에 분홍색 댕기를 맸다. 이들과 달리 칠순을 앞둔 칠봉만 현대식 옷차림에 스포츠머리 스타일이었다.

자귀도에 흡혈귀의 난이 있었을 당시 칠봉은 겨우 다섯 살이었다. 칠봉은 다행히 흡혈귀에 물리지 않고 뭍으로 몸을 피했다. 그러다 칠순을 앞둔 해에 한국전쟁이 일어났고, 난리 중에 총을 맞아 아버지가 있는 자귀도로 돌아왔다. 자식을 먼저 떠나보낼 수 없었던 칠봉아비는 자신의 피를 먹여 아들을 흡혈귀로 만들었다. 그리하여 아비와 아들의 나이가 뒤바뀐 것이었다.

칠봉은 구한말부터 한국전쟁이 나기 전까지 일본으로 건너가 의학을 공부하며 흡혈귀를 연구했다. 흡혈귀가 된 섬사람들은 나이를 먹지 않았고, 상처도 쉽게 아물어 영생의 존재나 마찬가지였다. 하지만 언제부터인가 잠을 자는 동안에 박쥐로 변하는 이가 생겨나기 시작했다. 그러다가 점점 낮에도 박쥐로 변해가며 인간으로 돌아오지 못하고 생을 마감하는 이가 늘어났다. 특히 황 대감이 수시로 박쥐로 변하곤 했고, 이를 지켜본 섬사람들의 두려움은 극에 달했다. 칠봉은 괴물로 생을 마감하지 않기 위해 인간 되기 프로젝트에 전심을 다했다. 그로부터 수십 년이 지난 오늘, 드디어 인간으로 되돌아갈 수 있는 신약을 완성한 것이다.

멍석 위에 둘러앉은 섬사람들은 붉은 잔을 높이 치켜들었다. 칠봉이 모두를 향해 외쳤다.

"동물 피는 이 잔이 마지막입니다. 왜냐! 우리 몸엔 곧 인간의 피가 흐를 것이기 때문입니다!"

섬사람들은 환호의 손뼉을 치고 잔에 든 피를 꿀떡꿀떡 삼켰다. 입술에 묻은 붉은 피가 달빛에 비쳐 괴이하게 빛났다. 한참 먹고 마시며 즐기던 개똥아비가 눈치 없이 흥을 깼다.

"저번처럼 병질이 생기는 건 아니겠지?"

칠봉이 여유 있게 돼지 피를 쭉 들이켜고, 입가에 묻은 피를 손바닥으로 닦으며 대꾸했다.

"이번엔 확실해요. 감이 좋아."

"그러니까 더 불안하네……."

개똥아비가 찜찜한 표정을 지었다.

"누가 먼저 맞으실래요? 임상 시험을……."

칠봉이 쳐다보자 모두가 고개를 돌려 시선을 피했다. 칠봉은 미간을 찌푸렸다. 황 대감이 먼저 입을 열었다.

"내가 하지."

칠봉아비가 엉덩이를 들썩이며 말렸다.

"안 됩니다요, 대감마님. 병질이라도 생기면 큰일 납니다."

칠봉이 손사래 치며 자신 있게 웃어 보였다.

"아버지, 걱정 마시라니까요. 인간 되면 할 일이나 생각하세요. 대감마님은 교사 하실 거고, 나머지도 사 자 돌림이네. 농사, 집사, 나는 의사."

"그러니까 내가 먼저 해야지. 안 그래?"

칠봉아비가 흐뭇한 표정으로 말했다.

"그래. 그게 제일 믿음이 가지."

개똥아비가 칠봉아비를 부추기며 잔에 피를 가득 채워주었다. 섬사람들은 오랜만에 희망을 마주했다.

*

칠봉의 실험실은 절벽 가까운 곳에 마련되었다. 다른 한옥들과 다르게 벽돌을 쌓고 슬레이트 지붕을 얹은 낡은 창고였다. 창문은 태양빛을 차단하기 위해 암막 커튼으로 가리고 백열등으로 실내를 밝혔다. 벽에 설치된 선반에는 동물의 장기가 담긴 병과 박제가 즐비했다. 한쪽 벽면에는 온갖 약품이 보관된 약장이 놓여 있었다. 이곳이 실험실인지 사냥꾼의 집인지 알 수 없을 만큼 그로테스크한 분위기였다.

흰색 가운을 입은 칠봉이 뭔가를 붙잡고 실랑이를 벌였다.

"하아…… 그놈 죽이기 진짜 힘드네."

간밤의 술 냄새가 그의 입에서 뿜어져 나왔다. 칠봉은 핸드폰을 붙잡고 힘겨루기를 하듯 몸을 이리저리 움직였다. 한창 게임에 빠져 있던 그때, 화면에 통화 알림 메시지가 떴다. 학철이었다. 학철은 뭍에서 자귀도 사람들을 돕는 칠봉의 증손자였다. 칠봉은 지체 없이 통화 버튼을 눌렀다.

"오야, 내 손주. 무슨 일이야? ……뭐, 뭐가 온다고?"

당황한 칠봉은 하마터면 핸드폰을 놓칠 뻔했다. 그는 짧은 통화를 마치고 허둥지둥 바깥 날씨부터 살폈다. 강렬한 햇빛이 땅속 깊은 곳의 습기마저 빨아들이고 있었다. 칠봉은 눈썹을 찌푸리고 미간을 좁혔다.

흡혈귀는 햇빛을 직사광으로 받으면 따끔거리는 통증을 느꼈다. 그래서 햇빛을 피해 주로 밤에 활동했다. 다행히 선크림을 들여온 후부터는 낮에도 자유롭게 외출할 수 있었다. 하지만 오늘처럼 햇빛이 강한 날에는 조금 더 대비를 해야 했다. 그러나 칠봉은 통증도 잊고 우선 자신의 아버지 집으로 달려갔다.

자귀도의 숲은 낮인지 밤인지 알 수 없을 만큼 우거져 하늘로부터 마을을 안전하게 숨기고 있었다. 그 덕분에 섬 안에서는 낮에도 자유롭게 다닐 수 있었다. 하지만 습성 때문인지 섬사람들은 대부분 밤 생활을 했고 한낮인 지금은 한창 잠들어 있을 시간이었다. 칠봉만이 불침번처럼 깨어서 게임을 했던 것이다.

섬사람들은 잠잘 때 커다란 박쥐로 변했다. 처음엔 월식이 있을 때만 그러던 것이 평범하게 잠을 잘 때도 박쥐가 되었다. 게다가 황 대감은 수년 전부터 낮에도 박쥐로 변하며 섬사람들의 근심을 더했다. 그래서 집집마다 봉을 매달고 그 아래에는 요를 두껍게 깔아두었다. 박쥐에서 사람으로 갑자기 변했을 때를 대비한 나름의 완충장치였다.

아버지가 기거하는 방문을 열자 독수리만 한 박쥐가 봉에 매달려 날개를 접고 잠들어 있었다. 칠봉은 박쥐를 흔들어 깨웠다. 박쥐는 잠이 덜 깬 듯 한쪽 눈만 치켜떴다.

"아버지, 일어나세요! 그들이 온대요!"

난데없는 큰 소리에 칠봉아비는 화들짝 놀라 요 위로 떨어졌다. 그는 뼈가 뒤틀리는 모양새로 잠시 몸부림치더니 인간의 몸으로 변했다. 칠봉은 아비의 고통을 애잔하게 바라봤다.

"아이고, 힘들다. 뭐가 온다고?"

칠봉아비는 벗어놓은 옷을 주섬주섬 입으며 물었다.

"인간이요!"

칠봉아비가 굳은 표정으로 저고리를 툭 떨어뜨렸다. 칠봉이 저고리를 주워 아비 손에 쥐여주며 말했다.

"자세한 얘기는 이따가 하고 얼른 대감마님께 알리세요. 저는 어르신들 깨울게요."

칠봉이 서둘러 방을 나섰다.

"이게 뭔 징조래."

꿈자리가 사나웠던 이유가 이것 때문이었구나. 칠봉아비는 땅이 꺼질 듯 깊은 한숨을 토했다.

인간이 온다는 소식을 들은 섬사람들은 황 대감의 사랑채에 모였다. 다들 황급히 집을 나서느라 얼굴에 바른 선크림이 허옇게 떠 있었다. 특히 복분은 가부키 분장을 한 것처럼 떡칠을 했다.

"거, 인간 피 맛본 지 오래돼서 좀 땡기는데 그냥 후루룩 하죠? 보약 아니요? 보약."

인간 피 맛을 제일 많이 본 박훈이 입술을 혀로 날름 핥으며 말하자, 복분이 말도 안 된다는 듯 눈을 흘기며 대꾸했다.

"보약은 무슨? 아비 어미도 몰라보는 마약이지."

"그래서 아비 어미 몰라보고 싹 다 물어 죽였죠."

어린 개똥이가 박훈의 눈을 똑바로 쳐다보며 말했다. 박훈은 실눈을 뜨고 개똥이를 노려볼 뿐 아무 말도 하지 못했다. 생각나는 대로 뱉어내는 개똥이의 저 입을 언젠가는 틀어막으리라 기회를 노렸지만, 좀체 틀린 말이 아니라서 부아만 치밀었다.

헛기침 소리와 함께 방문이 열리고 황 대감과 칠봉아비가 들어왔다. 모두 자리에서 일어났다가 황 대감이 상석에 자리하자 따라 앉았다. 황 대감이 잘 정돈된 수염을 만지며 침착하게 물었다.

"그래, 자귀도에 인간이 다녀간 지 얼마나 됐지?"

"이말년이 마지막…… 아얏!"

개똥아비가 이말년을 언급하자 화들짝 놀란 개똥어미가 제 서방의 허리를 비틀어 꼬집었다. 말허리가 꺾인 개똥아비는 멋쩍은 듯 발가락만 만지작거렸다. 칠봉아비가 황 대감의 말에 정중히 대답했다.

"설비 기사가 다녀간 거 빼면, 35년입니다요."

황 대감은 머릿속으로 흘러간 세월을 되짚어보았다.

"학철이가 왜 인간을 데려온다더냐? 그 인간들이 자귀도를 어찌 알고?"

"그게…… 말을 얼버무리는 게……."

칠봉도 자세히 묻지 않아 확실한 답을 내놓지 못했다.

"하루 다녀간다니 크게 걱정 안 하셔도 될 것 같아요."

칠봉이 모두를 안심시켰다.

"그래, 우리가 인간 피를 멀리한 지 얼마나 됐지?"

습관처럼 말머리를 항상 '그래'로 시작하는 황 대감이 느긋하고 인자한 표정으로 다시 묻자, 칠봉아비가 대답했다.

"130년 됐습죠."

"그래, 마을에 변고가 생겨 이리 흡혈귀가 되었으나, 더는 인간에게 피해주지 않으려고 자귀도에 갇힌 지 130년이 흘렀네. 그간 나라가 몇 번이나 바뀌고 세상 또한 변천하지 않았는가……."

훈화가 길어지자 섬사람들은 하품이 나오는 입을 손으로 가리느라 바빴다. 꼬꼬는 목을 쏙 밀어 넣고 알을 품듯 잠들었다. 황 대감은 인간이 되면 후학을 가르치겠다고 했다. 하지만 개똥이는 말씀이 이리도 졸리고 지루하니 좋은 선생이 되기는 글렀다고 일찌감치 점쳤다.

"칠봉이가 인간 되는 약을 개발하여 임상 시험 완료까지 멀지 않았다고는 하나, 방심은 금물. 인간을 물지 않도록 각별히 주의

하게."

드디어 훈화가 끝났다는 안도감에 섬사람들은 예, 하고 시원하게 대답했다. 황 대감이 자신의 옆자리가 비어 있는 것을 확인하고 보윤이 왜 보이지 않는지 칠봉에게 물었다.

"웹툰 마지막 화라, 밤새우신 거 같아 안 깨웠어요."

"짝 없이 유배 생활처럼 세월을 보내는 게 안타까워 그림 그리기를 허락하였으나…… 속세의 어두운 면만 닮아가는 것 같아 걱정일세."

섬사람들은 황 대감의 지루한 훈화가 다시 시작될까 봐 울상을 지었다. 개똥이는 마룻장의 나이테를 세며 졸음을 참았다. 반면 박훈의 눈동자는 그 어느 때보다 초롱초롱 빛났다. 머릿속에 인간의 피를 떠올리니 군침이 목구멍을 타고 쑥 내려갔다. 잠시 다녀간 설비 기사들과 달리 하룻밤을 머문다니 이번이 기회였다. 음흉한 속셈을 품은 박훈의 입꼬리가 저절로 들썩였다.

*

챙이 넓은 모자를 쓴 칠봉이 지게를 어깨에서 내려 지게막대기로 받쳤다. 불청객을 태운 학철의 배가 자귀도 선착장을 향해 다가오고 있었다. 선수에는 이십대 초반으로 보이는 여자와 고등학교 교복을 입은 남자가 배낭을 메고 서 있었다. 배가 정박하자 학철이 칠봉을 향해 밧줄을 던졌다. 칠봉은 밧줄을 받아 기둥에 묶으며 여자와 남자를 힐끗 쳐다봤다.

여자는 소맷부리가 해진 후드티에 청바지를 입었고, 긴 머리카락을 단정하게 묶었다. 진한 눈썹과 꾹 다문 입술에서 강인한 성격이 느껴졌다. 무거운 배낭을 메고도 흔들리는 배에서 겁 없이 뛰어내리는 것으로 보아 보통내기는 아닌 듯했다. 칠봉은 이들이 단순한 여행객이 아니라는 것을 직감했다.

학철이 무거운 택배 상자를 칠봉에게 건넸다. 힘겨워하는 학철과 달리 칠봉은 가볍게 상자를 받아서 지게에 차곡차곡 쌓았다. 상자를 모두 옮긴 학철이 자신의 허리를 툭툭 쳤다.

"작작 좀 시켜요. 허리 나가겠어요."

"그래, 그래. 밥 잘 챙겨 먹고, 운전 조심하고."

칠봉의 눈엔 중년의 학철이 물가에 내놓은 어린 손주처럼 보였다. 학철이 눈짓으로 여자를 가리키며 칠봉에게 물었다.

"괜찮겠어요?"

"하룻밤인데 별일이야 있을라고."

칠봉이 기둥에 묶인 밧줄을 풀어 배를 향해 휙 던졌다. 여자와 남자는 학철에게 감사 인사를 했다. 근심 가득한 표정의 학철을 태운 배가 선착장에서 서서히 멀어졌다.

칠봉은 경계의 눈빛으로 여자와 남자를 쳐다본 뒤 지게 끈에 팔을 집어넣었다. 여자는 지체 없이 지게를 붙잡아주었다. 칠봉이 지게를 등에 지고 가볍게 일어나 여자를 돌아보았다. 그때 갑자기 나타난 닭과 병아리들이 이들 앞을 총총 지나갔다.

"엄마야!"

여자가 식겁하여 남자 뒤로 몸을 숨겼다. 칠봉이 그 모습을 흥미롭게 쳐다보았다.

"닭이 무섭소?"

여자가 긴장한 듯 배낭의 어깨끈을 꽉 쥔 채 대답했다.

"조류 공포증이 있어서요."

상대의 약점 하나를 알아낸 칠봉은 일부러 목소리를 낮게 깔고 겁을 줬다.

"여긴 지천이 닭이오. 지금이라도 돌아가는 게 낫지 않겠소?"

"잘 피해봐야죠."

"여긴 민박도 슈퍼도 없소."

"캠핑 준비해왔어요. 인사가 늦었네요. 저는 구희주라고 하고 애는 제 동생 양이루라고 합니다."

옆에 서 있던 이루가 고개를 푹 숙여 인사했다. 칠봉은 희주가 따박따박 말대꾸를 하자 못마땅한 듯 입을 닫고 다시 걸음을 옮겼다.

희주가 근처의 완만한 곳을 손가락으로 가리켰다.

"저쪽에 텐트 쳐도 될까요? 파도가 저기까진 안 올라오겠죠?"

"그러쇼."

칠봉의 목소리에는 불친절이 가득 묻어났다. 하지만 희주는 그런 태도에 전혀 주눅 들지 않았다.

"할아버지, 혹시 벼락 맞은 고목이 어딨는지 아세요?"

의외의 질문에 칠봉은 눈썹을 치켜올리고 희주를 보았다.

"여기 그런 고목이 있는지 어떻게 알았소?"

"예? 그야······."

칠봉이 정색하며 쳐다보자 희주가 입을 다물었다.

"그런 것이 이 섬에 있는지 어찌 아냐고?"

칠봉이 대답을 재촉했다. 희주는 어색하게 웃으며 말했다.

"어디든 벼락 맞은 고목 하나쯤은 있더라고요. 그치, 이루야?"

"네······ 그쵸."

이루의 표정도 어색하긴 마찬가지였다. 자신들의 은밀한 목적을 숨겨야 하는 것쯤은 그도 잘 알았다. 칠봉은 못마땅한 듯 남매를 잠시 쏘아보다가 손가락으로 어느 방향을 가리켰다.

"이 길로 쭈욱 가면 마을 지나······."

칠봉은 순순히 일러주다가 중간에 말을 뚝 끊었다. 하마터면 친절할 뻔했다.

"알아서 잘 찾아봐요. 나는 모르겠으니까."

칠봉은 더는 할 말이 없다는 듯 표정을 굳히더니 숲으로 걸어 갔다. 희주는 칠봉의 태도가 이상했지만 감사 인사를 하고 그가 가리킨 곳을 가늠해봤다.

이루는 칠봉이 지게를 가볍게 들고 가는 것이 이상했다. 분명 선장이 택배 상자를 옮길 때는 힘겨워 보였다.

"헬스 기구 같던데······."

*

바람은 살랑거리고 파도는 잠잠했다. 보윤은 절벽 밑 그늘에 앉아서 원고를 훑어보고 있었다. 갓을 쓰고 비단 한복을 입은 보윤은 화보를 찍는 모델처럼 빛이 났다. 핏기 없이 창백하고 유리처럼 매끈한 피부, 날카로운 콧날과 쌍꺼풀 없는 큰 눈까지, 현대에도 보기 드문 미남이었다.

보윤은 조선에서 좌포청 종사관을 지냈다. 일찍이 관직에 오른 만큼 그의 활약은 눈부셨고, 높은 관직에 있는 사람들의 주목을 한번에 받았다. 좋은 집안의 외아들이며 수려한 외모에 능력까지 출중하니 사윗감으로는 최상이었다. 하지만 그가 흡혈귀가 되어 자귀도에 격리된 지금은 사정이 달랐다. 떨어지는 나뭇잎을 순식간에 열 조각내던 무예도, 눈을 감고도 외우다시피 한 사서삼경도 소용없었다. 그나마 죽마고우 금 도령과 옛이야기를 주고받으며 적적함과 무료함을 달랬으나 지금은 그조차 곁에 없었다. 금 도령이 수십 년 전에 죽은 후부터 보윤은 무기력한 상태로 외롭게 지냈다. 살아도 살아 있는 것이 아니었다.

그러다가 컴퓨터와 인터넷이 들어오면서 세상을 엿보게 되었다. 그중 관심을 두게 된 것이 웹툰이었고, 지금은 한 플랫폼에 웹툰 〈조선 흡혈 종사관 담피〉를 연재하며 조금씩 삶의 낙을 찾고 있었다. 보윤이 그린 웹툰은 인기가 꽤 있었다. 현대의 사정은 잘 모르니 실제 겪었던 사건과 흡혈귀를 접목해서 사극 웹툰을 그렸는데, 무예를 하는 틈틈이 취미 삼아 세밀화를 그리던 그림 솜씨가 꽤 쓸모 있었다. 아무리 솜씨가 없다 한들 수십 년 수련이 면 웹툰을 그리기에는 충분했다.

섬사람들은 주민등록이 되어 있지 않아 학철의 주민등록번호를 사용했다. 보윤은 본명인 황보윤을 필명으로 썼다. 웹툰 플랫폼 관계자들을 만나야 할 때는 학철이 보윤의 행세를 했다. 담당자는 학철이 계약서에 사인을 하러 왔을 때 적잖이 당황했다. 작품에서 느껴지는 분위기와 실제 분위기가 너무 달랐기 때문이었다. 무엇보다 작품에 대해서 잘 모르는 눈치였다. 담당자는 뭔가 이상하다고 생각하면서도 작가가 낯가림이 심한 탓이라고 치부하고 더는 의심하지 않았다.

골방에서 작품만 그리던 예전과 달리 요즘은 웹툰 작가들이 예능에도 출연하고 유튜브에도 얼굴을 보이자 보윤의 팬들은 그의 얼굴을 보고 싶어 했다. 보윤이 얼굴을 드러내지 않자 어떤 이는 외모에 자신이 없어서라고 했고, 어떤 이는 반전 외모로 잘생겼을 거라고 했다. 팬들은 집요하게 정보를 캤으나 아무것도 알아낼 수 없었다. 팬들의 요청이 많아질수록 보윤도 팬들과 소통하고 싶은 욕구가 커졌다. 이제 막 시즌 1을 마무리 지은 보윤은 만감이 교차하며 잊었던 외로움이 가슴으로 달려드는 듯했다. 세상으로 나가려면 칠봉이 하루빨리 인간이 되는 약을 성공시켜야 했다.

희주가 섬 주변을 둘러보다가 보윤의 뒷모습을 보고 다가왔다. 인기척을 느낀 보윤이 뒤를 돌아보았다. 희주는 빛을 등지고 있는 보윤의 조각 같은 얼굴을 보고 그대로 굳어버렸다. 순정만화 속 주인공을 실사화한 듯한 모습이었다. 희주는 자신도 모르게 입을 벌린 채 그를 빤히 쳐다보았다.

희주보다 더 놀란 이는 보윤이었다. 충격을 받은 듯 경직된 보윤의 손에서 원고가 스르르 빠져나가 바람에 날렸다. 보윤은 넋 놓고 희주를 바라보았고, 희주는 날아가는 원고를 붙잡기 위해 허공을 향해 팔을 허우적댔다. 원고는 바람을 따라 이리저리 부유하다가 바다에 떨어졌다. 희주가 바닷물에 뛰어들어가 파도에 떠밀려가는 원고를 한 장씩 건져냈다.

"중요한 게 아니어야 할 텐데! 뭐 해요, 안 줍고?"

보윤은 희주에게서 눈을 떼지 못하고 멍하게 서 있었다. 정신을 차렸을 때는 이미 희주가 바닷물에서 원고를 다 건져 올린 뒤였다. 그러나 그는 여전히 원고에는 신경 쓰지 않았다.

희주는 물에 젖은 옷을 대충 손으로 짜며 보윤에게 물었다.

"바닷물이 무서워요? 다 젖었……."

말이 끝나기도 전에 보윤이 한달음에 달려와 희주를 와락 껴안았다.

"채옥아, 날 몰라보겠느냐? 황보윤이다. 좌포청 종사관 말이다. 모습이 이리 젊은 걸 보니 너도 변을 당한 것이냐?"

이번에는 희주가 갑자기 정신이 튕겨져 나간 듯한 표정을 지었다. 희주는 다짜고짜 이상한 말을 털어놓는 보윤을 쳐다보며 나직이 대답했다.

"종사관 나리라면…… 설마…….''

보윤은 벅찬 표정으로 고개를 끄덕였다. 희주는 이제야 상황 파악이 된 듯 그를 향해 물었다.

"사극?''

"기억하느…… 아악!''

희주는 보윤의 말이 떨어지기 무섭게 무릎을 들어 그의 중심부를 힘껏 걷어찼다. 보윤은 고통스러운 듯 두 다리를 오므린 채 제자리에 고꾸라졌다.

"아윽! 나를 이렇게 대하는 여자는 네가 처음이구나…….''

"처음? 언제 적 멘트를, 확. 세상은 넓고 미친 변태는 많다더니.''

희주가 돌아서며 혼잣말을 뱉었다.

"별, 잘생긴 미친놈을 봤나. 아, 억울해. 설렌 거 억울해.''

희주는 손에 든 원고를 바닥에 내팽개치고 숲을 향해 성큼성큼 걸어갔다.

보윤은 바닥에 고꾸라진 채 여전히 고통스러워했다. 잠시 채옥에 대한 환상에 사로잡혔던 그는 혼란스러웠다. 며칠 잠을 이루지 못한 후유증이라고 생각하기엔 급소의 고통이 생생했고 현실과 환상이 무질서하게 뒤엉킨 기분이었다.

'대체 저 여인은 누구란 말인가.'

*

이루는 해안가의 돌을 고른 뒤 텐트를 펼쳤다. 텐트를 치는 일
은 이루에게 그리 어려운 일이 아니었다. 부모님이 살아 계실 때
종종 캠핑을 다녔다. 아빠와 이루가 텐트를 치면 엄마와 누나는
식사 준비를 했다. 아빠와 나눠 잡던 폴대를 이제는 혼자서도 척
척 펼 수 있을 만큼 키도 크고 요령도 생겼다.

즐거웠던 가족의 첫 캠핑이 떠올랐다. 그때도 지금처럼 해안가
에 자리를 잡았었다. 분명 바다로부터 멀리 떨어져 있었고 비도
오지 않았다. 하지만 새벽이 되자 바닷물이 텐트를 집어삼켰다.

잠결에 오줌을 싼 줄 알고 놀라서 깨보니, 텐트가 바닷물에 떠
내려가기 직전이었다. 엄마는 바닷물에 둥둥 떠 있는 식기들을
주우려고 허둥대고, 아빠는 울부짖는 어린 남매를 양팔에 끼고
안전한 곳으로 대피시켰다. 엄마가 물건을 건져 올리는 데 정신
을 빼앗기자 아빠는 엄마의 허리를 안다시피 해서 뭍으로 끌어
냈다. 바닷물에 홀딱 젖은 가족은 침낭도 없이 서로의 온기만으
로 새벽의 찬 공기를 견뎌야 했다.

엄마는 어깨가 축 처진 채 기죽어 있는 아빠의 모습이 보기 안
타까웠는지 갑자기 크게 웃었다. 아무 일도 일어나지 않았다면
추억은 없었을 거라고. 우리 가족은 오늘 일을 무용담처럼 평생
웃으며 이야기할 거라고. 그래서 더욱 기억에 남는 캠핑이라며
떠오르는 해를 보며 노래도 불렀다. 〈애국가〉를.

임기응변에 서툰 엄마는 일출을 보며 생각나는 노래가 그것밖에 없었다. 엄마의 뜬금없는 행동에 아빠와 남매는 폭소를 터뜨렸다. 그러다 어느새 다 같이 〈애국가〉를 따라 불렀다. 4절을 합창할 즈음 거짓말처럼 한기가 사라졌다.

첫 캠핑의 추억을 머릿속에 떠올리며 이루는 자신도 모르게 〈애국가〉를 콧노래로 불렀다. 그러다가 자신을 향한 누군가의 뜨거운 시선이 느껴져 흥얼거림을 멈췄다.

작은 키의 여자아이였다. 얼굴은 창백할 만큼 하얗고, 볼에는 주근깨가 있었다. 똘망똘망한 눈과 젖살이 꽤 귀여운 인상을 주었다. 게다가 허리 아래까지 땋아 내린 댕기머리와 한복은 이루의 호기심을 자극했다.

어느새 가까이 다가온 여자아이는 양손으로 턱을 괴고 앉아 이루의 얼굴을 빤히 쳐다보았다. 이루는 흡족한 미소를 지으며 여자아이에게 말을 건넸다.

"어이, 초딩?"

이루가 부르자 개똥이는 누구를 부르나 싶어 주위를 둘러봤다. 자기 외엔 아무도 없었다.

"너 말이야, 너."

이루는 손가락으로 개똥이를 정확히 가리키며 말했다.

"오빠 힘든 거 보이지?"

개똥이는 이루 곁으로 바짝 다가앉았다.

"오빠?"

개똥이는 오빠라는 말이 살갑게 느껴졌다. 이루 또래의 남자를 본 게 대체 얼마 만인지 몰랐다.

"도와줄까?"

이루는 당연하다는 듯 개똥이에게 폴대를 내밀었다. 개똥이는 폴대를 받아들고 이루가 시키는 대로 움직였다. 뭔가 엄청난 임무를 맡은 것처럼 가슴이 설렜다. 텐트를 고정시키기 위해 고무망치로 물음표 모양의 팩을 두드릴 때마다 이루의 머리카락이 바람에 가볍게 날렸다. 그 모습을 본 개똥이의 가슴도 누군가 망치로 두드리는 것처럼 쿵쾅거렸다. 이루의 머리 위로 후광이 비치는 듯했다. 보윤의 작업실에서 봤던 웹툰 주인공을 보는 것 같았다. 개똥이는 홀린 듯 반쯤 풀린 눈으로 넋을 잃고 말했다.

"오빠처럼 잘생긴 남자, 처음 봐요."

개똥이가 이루의 팔을 손가락으로 쿡 찔러봤다. 아직도 실감나지 않는 듯 개똥이는 머릿속이 얼떨떨했다.

"아휴…… 내가 뭘 잘생겨. 이 정도면 보통이지."

이루는 갑작스러운 칭찬에 입술을 입 안으로 꽉 말아 물고 웃음을 참았다. 이루는 소문난 흙수저에 성적도 부진하고 외모도 평범해서 여자아이들에게 호감 한번 산 적이 없었다. 그런데 이렇게 거침없이 칭찬을 들으니 구겨져 있던 자신감이 펴지는 것 같았다.

"나는 양이루, 네 이름은 뭐야?"

이루의 목소리에 힘이 들어갔다. 그런데 갑자기 개똥이의 안색이 어두워졌다.

"왜? 가르쳐주기 싫어?"

개똥이는 고개를 푹 숙인 채 손가락으로 모래만 비벼댔다. 조선 시대에도 개똥이는 고운 이름이 아니었다. 창피했다. 이렇게 멋진 오빠에게 개똥이라는 이름을 말할 수가 없었다.

그 모습을 개똥이 내외와 박훈 내외가 숲에 몸을 숨긴 채 엿보고 있었다. 요상한 천과 막대로 움막을 만드는 모양새를 신기하게 여긴 이들은 세상이 정말 많이 바뀌었다며 속삭였다.

희주가 그들 곁을 지나다가 무심코 말을 건넸다.

"뭐 하세요?"

두 내외는 화들짝 놀라며 뒤를 돌아봤다. 그러고는 헛기침을 하며 아무 대꾸 없이 마을을 향해 걸어갔다. 희주는 한복을 차려입은 마을 사람들이 별나게 느껴졌다. 뭘 훔쳐본 건가 싶어 그들의 시선이 머물던 곳을 바라봤다. 그곳에는 이루가 있었다. 희주는 고개를 갸웃하고 이루가 있는 쪽으로 걸음을 옮겼다.

그때 서둘러 자리를 피하던 개똥어미가 아차 싶었는지 걸음을 멈추고 뒤돌아섰다.

개똥이는 애꿎은 땅만 손가락으로 파내며 이름을 말하지 못했다. 그러다가 둘러댈 이름을 번뜩 생각해냈다.

"김아이유……."

"아이유라고?"

뜻밖의 이름이었다. 확인을 청하듯 이루는 눈을 깜빡였다.

그때 멀리서 개똥어미의 목소리가 사이렌처럼 울렸다.

"개똥아!"

개똥이가 반사적으로 신경질을 내며 대답했다.

"왜?"

"개똥이?"

이루는 개똥어미의 목소리가 들린 쪽과 개똥이를 번갈아 보며 귀를 쫑긋 세웠다. 개똥이는 또다시 고개를 푹 숙이고 입술만 씹어댔다. 이루는 그제야 개똥이가 자신의 이름을 숨긴 이유를 알아챘다. 이루는 피식 웃고 개똥이의 머리를 천천히 쓰다듬으며 말했다.

"귀엽다."

귀엽다. 귀엽다. 귀엽다. 이루의 다정한 목소리가 풍선처럼 붕붕 떠올랐다. 개똥이는 날아가는 말풍선을 잡아서 끌어안고 싶었다. 너무나 달콤한 말이었다. 마음에 있는 모든 생채기에 약이 발린 기분이었다. 개똥이는 감동으로 일렁이는 눈빛으로 이루를 바라보며 일어났다.

"오빠, 나중에 꼭 다시 봐!"

개똥이는 아쉬운 표정을 한 채 엄마가 있는 쪽으로 뛰어갔다. 개똥이가 시야에서 사라질 때까지 쳐다보던 이루 앞에 희주가 다가와 물었다.

"누구야?"

"누나, 쟤 이름이 개똥이래. 학교에서 왕따 각이야."

"애칭이겠지. 조선 시대도 아니고."

희주는 대수롭지 않다는 듯 배낭에서 버너와 라면을 꺼내며 말했다.

"아침에 일어나는 대로 보물 찾아서 섬에서 나가자."

*

먹구름이 달빛을 전부 삼킨 듯한 을씨년스러운 밤이었다. 어둠 속에서 부엉이의 형형한 눈빛만이 빛을 발했다. 쾅, 마른하늘에서 천둥 번개가 쳤다.

번개가 칠 때마다 텐트에 비친 수상한 그림자가 나타났다가 사라지기를 반복했다. 이루는 코를 골며 세상모르게 잠들어 있었다. 옆에서 자고 있던 희주만이 이상한 낌새를 느끼고 눈을 번쩍 떴다가 다시 스르르 잠에 빠졌다.

텐트 밖에서는 박훈이 쭈그려 앉아 기회를 엿보고 있었다. 흡혈귀가 되자마자 인간의 피를 미친 듯이 탐했던 그는 눈에 보이는 하인들을 닥치는 대로 물었다. 본능처럼 피 냄새에 이끌렸고, 사람의 목에서 뜀박질하는 혈관만 보면 피가 끓어올랐다.

양반이 부르니 뭣 모르고 불려가 목을 내주고, 피가 다 빨려 눈을 감은 이들이 섬 동쪽에 묻혔다. 여러 해에 걸쳐 쏟아진 태풍에 봉분이 쓸려 나가 이제는 흔적조차 찾을 수 없었다. 흡혈을 한 이가 박훈뿐만은 아니었지만 그가 제일 많은 희생자를 만들었다. 박훈은 섬에 더는 사람이 남아 있지 않게 되었을 때에야 제정신이 돌아왔다. 분명 살인이었지만 섬사람들 누구도 그에게 죄를 물을 수도 비난을 퍼부을 수도 없었다. 그저 흡혈귀의 본능 앞에서 혀를 내두를 뿐이었다.

박훈은 오랜만에 심장이 뜨거워지는 것을 느끼며, 날카로운 송곳니를 혀로 잘 문질러 닦았다. 그것도 부족했는지 손가락으로 쓱쓱 광을 냈다.

"뭐 해요?"

언제 왔는지 개똥이가 앉은뱅이걸음으로 조용히 다가왔다. 박훈은 손가락으로 개똥이의 팔을 쿡 찔렀다.

"너도 한 입 하려고?"

개똥이가 고개를 가로저었다.

"아뇨. 한 입 하려는 그 입 틀어막으려고요."

개똥이의 비장한 표정을 보고 박훈이 답답하다는 듯 말했다.

"개똥아, 어차피 우리가 인간 되면 이 맛도 안 나. 그냥 찝찔한 맛이지. 그러니까 인간 되기 전에 마지막으로 쭈욱. 어때?"

개똥이는 대꾸할 가치도 없다는 듯 고개를 절레절레 흔들었다. 박훈은 아쉬운 듯 입맛만 다셨다. 하지만 결코 포기한 것은 아니었다.

해가 수평선 위로 고개를 내밀기도 전에 희주는 캠핑용 삽을 들고 동쪽 숲 주변을 살폈다. 벼락 맞은 고목만 찾으면 간단했다. 이 좁은 섬에 그런 고목이 여러 개일 확률은 극히 낮았다. 부디 엄마의 성씨처럼 금, 금이었으면 했다. 기대감에 들뜬 희주의 심장이 빠르게 뛰기 시작했다.

그때 콰과광, 하고 하늘이 굉음을 냈다. 천둥소리에 놀란 희주가 걸음을 헛디뎌 그만 넘어지고 말았다. 손을 털고 일어나는데 멀리 불길이 환하게 치솟는 것이 보였다.

"헉, 뭐야. 부…… 불이야!"

절벽 위에 있는 창고 같은 건물에서 불길이 활활 타오르고 있었다. 희주는 지체 없이 마을을 향해 뛰어갔다. 그리고 다급히 마을의 대문이란 대문은 죄다 두드렸다.

"불이야! 불! 일어나요, 불났어요!"

희주의 목소리는 새벽 공기를 날카롭게 가르며 울려 퍼졌다. 희주는 마을 한가운데에 있는 우물을 발견하고 달려갔다. 두레박을 우물 안으로 던져 넣으며 다시 목청껏 사람들을 깨웠다.

칠봉이 바지춤을 올리며 대문을 박차고 나왔다.

"뭐? 불? 어디!"

칠봉은 불길이 치솟는 곳이 자신의 실험실이라는 것을 단번에 알아차렸다. 사색이 된 그가 '불이야'를 외치며 마을 사람들을 불러 모았다.

불길은 순식간에 불어나 숲을 집어삼키고 있었다. 바람은 불꽃의 머리채를 잡고 이리저리 흔들며 사방으로 몰아쳤다. 어느새 합류한 섬사람들은 날 듯 뛰며 우물물을 쏟아부었다. 하지만 불길은 잦아들 기미가 보이지 않았다. 다급해진 황 대감이 소리쳤다.

"이대로는 불길을 못 잡겠다. 땅을 파서 번지는 것을 막아라!"

칠봉아비가 삽을 가져오라고 외쳤다. 섬사람들은 일사불란하게 삽을 가져와 땅을 파고, 괴력을 발휘해 커다란 나무를 도끼로 찍어내 불길을 차단했다. 보윤은 쓰러진 나무를 한 손으로 들어 저지선 밖으로 내던졌다. 다행히 얼마 지나지 않아 구름이 자귀도를 덮치고 굵은 비를 뿌렸다. 검은 연기와 함께 숲의 불꽃도 서서히 사그라졌다.

때마침 내린 비에 환호한 것도 잠시, 불씨가 사라지고 연기가 풀풀 올라오는 숲은 더는 온전한 형색이 아니었다. 검게 그을린 실험실을 본 칠봉은 절망하며 털썩 주저앉았다.

"망했다, 망했어."

"약, 다시 만들면 되지?"

얼굴에 온통 숯검정 칠을 한 칠봉아비가 걱정스럽게 물었지만 칠봉의 얼굴에서는 희망을 찾아볼 수 없었다.

"재료야 다시 구하면 된다지만…… 자료가 다 타버렸어요."

보윤은 칠봉의 어깨를 거칠게 흔들며 물었다.

"백업 안 했어?"

"오늘 하려고 했죠."

보윤도 그 자리에 털썩 주저앉았다. 칠봉은 불타버린 숲을 보며 괴로운 듯 머리를 쥐어짜고 있는 희주를 향해 말했다.

"숲이 다 벼락 맞은 고목 꼴이구려."

희주는 앞으로의 일이 막막했다. 칠봉의 말대로 검게 탄 나무들 사이에서 벼락 맞은 고목을 찾기란 모래사장에서 잃어버린 반지 찾기였다. 희주는 하루만 더 빨리 왔다면 이런 일을 피했을 것이란 생각에 한탄했다.

"망했다, 망했어. 인간답게 살기 참 힘들다."

칠봉은 다른 의미로 희주의 말에 공감했다.

"인간 되기 참……."

먹구름이 빠르게 움직이며 달빛을 풀어주었다. 다시 드러난 달빛에 섬사람들의 눈동자가 붉게 빛났다.

자귀도에 숨겨진 보물

자귀도로 향하기 며칠 전, 희주는 여느 때처럼 식당에서 시키는 일에 기계처럼 움직이고 있었다.

날카로운 식칼이 커다란 수박에 팍 꽂혔다. 피처럼 붉은 과즙이 줄줄 흐르는 수박이 희주의 손놀림대로 조각났다. 간판 조명이 꺼진 장작구이 고깃집에 10여 명의 종업원들이 말없이 테이블에 둘러앉아 있었다. 피곤에 짓눌려 수다 떨 기운조차 없었다. 벽면에 붙은 광고판 속 오십대 여자 사장만이 환하게 웃고 있었다.

희주가 쟁반을 내려놓자 직원들은 자기 몫의 수박을 챙겨 베어 물었다. 희주도 제 어깨를 주무르며 자리에 앉았다. 희주는 사장이 출연했던 TV 광고판과 연예인 사인으로 도배된 가게 벽면을 멍한 눈빛으로 바라봤다.

희주가 아르바이트를 하는 장작구이 고깃집은 실시간 검색어

1위를 찍은 맛집이다. 이 식당이 맛집이 된 것은 불과 3년 전이었다. 유명 예능 프로그램에서 연예인이 갑자기 식당에 들이닥쳐 음식을 맛있게 먹어준 덕에 그저 그런 식당이 단박에 맛집으로 각색되었다. 후미진 곳에 위치한 작은 고깃집을 어찌 알고 연예인이 찾아왔는지 천운이 아닐 수 없었다. 훈제 등갈비가 주메뉴인데 연예인이 맛있다며 극찬한 냉면과 된장찌개가 유명세를 탔고, 주방장을 맡고 있던 사장의 남편은 냉면과 된장찌개 장인으로 둔갑돼서 방송에 여러 번 출연했다. 심지어 요리 프로그램 심사위원이 되기도 했다. 사장 내외는 항상 가게 앞에 손님이 줄을 서고, 매일 쌓이는 돈을 보며 부자가 되는 게 이렇게 쉬운 일이었나 싶어 놀랐다고 했다. 사장이 툭하면 자랑을 하는 터에 모두가 알고 있는 성공 신화였다.

희주는 이 가게에서 일하면서부터 맛집 사장이 되는 꿈을 키웠다. 카운터에 앉아 돈 받는 상상을 하면 저절로 미소가 나왔다. 스물두 살의 고졸인 희주가 가질 수 있는 최상의 꿈이었다. 희주는 힘들 때마다 광고판 속에서 미소 짓는 사장의 얼굴을 자신의 얼굴로 바꿔보았다. 희주의 머릿속에 자리 잡은 상상은 입 안의 수박만큼이나 달콤했다.

코딱지만 한 가게라도 돈이 있어야 차릴 수 있음을 희주는 모르지 않았다. 닥치는 대로 아르바이트를 해서 돈을 모아도 외할머니 병원비와 사채업자에게 빌린 돈의 이자를 내고 나면 늘 마이너스였다. 희주의 기분 좋은 상상은 금세 암흑으로 바뀌었다.

마감 시간에 맞춰 식당에 나타난 사장은 수박을 맛있게 먹는 직원들을 심드렁한 눈빛으로 훑어보았다. 짙은 화장에 구불구불하게 세팅한 머리, 금 성애자처럼 온몸에 순금 액세서리를 두르고 있는 모습이 식당 주인이 아닌 사채업자처럼 보였다. 사장은 직원들을 전부 자신 덕에 먹고사는 찌질한 인간으로 취급했다. 이번에도 여름 휴가를 수박 한 덩이로 때우려는 속셈이 뻔했다.

"어쨌든 오늘 수고 많았고, 내일은 더 수고하고."

"네."

직원들이 그런 사장의 이기적인 마음을 모를 리 없었다. 직원들은 입술을 이죽거리며 수박 쟁반을 정리하기 시작했다.

"희주는 나 보고 가고."

"네."

희주는 잘못한 것도 없는데 긴장한 목소리로 대답했다.

사장이 카운터 앞에서 뭉툭한 검지로 정산기의 자판을 톡톡 두드리고 있고, 그 앞으로 직원들이 인사를 하며 지나갔다. 사장은 영혼 없는 무표정한 얼굴로 인사를 받았다. 직원들이 다 퇴근하고 나자 희주가 쭈뼛거리며 다가왔다. 사장은 뭔가 불만스러운 듯 팔짱을 끼고 건조한 목소리로 말했다.

"이제 편의점 알바 가니?"

"네."

"그럼, 잠은 언제 자?"

"잠 없는 체질이라 괜찮아요."

희주가 시선을 아래로 둔 채 공손히 대답했다.

"너 걱정해서 하는 말 아니고."

희주는 그럼 그렇지, 하고 속으로 생각했다.

"아…… 일 지장 없게 하고 있어요."

"손님상 남은 음식 싸 간다며?"

희주는 흠칫 놀라서 손에 쥔 검은 비닐봉지를 등 뒤로 감췄다.

"그게……."

"알아. 길고양이 챙겨주는 거."

"……."

"근데, 아무리 남은 음식이라도 손님들이 보면 자기 음식에 손 댄다고 기분 나빠하지 않겠니?"

"앞으로는 안 그러겠습니다."

사장이 현금 통을 힘 있게 밀어 넣고 희주를 똑바로 주시했다.

"너 고생하는 거 아는데, 그게 내 탓은 아니잖아? 그리고 너만 고생하는 거 아니다. 다 고생해. 힘들다고 그렇게 죽상을 하면 손 님들이 좋아하겠니?"

희주는 비닐봉지를 움켜쥔 손에 힘을 주었다. 지친 기색을 숨 기려고 항상 미소를 지으며 밝은 척하려고 애써왔는데, 긴장을 놓는 순간 사장한테 들킨 것이다.

"죄송해요."

희주는 입꼬리를 있는 힘껏 양옆으로 끌어 올리며 환하게 웃어 보였다.

"앞으로는 이렇게 미소 지을게요."

"그래, 보기 좋네. 그렇게 웃고 살아."

희주는 애써 활기찬 목소리로 대답했다.

"네!"

"다른 데 가서."

"네?"

"너, 해고라고. 알겠어?"

희주가 고개를 푹 숙이자 낡은 운동화에 시선이 모아졌다. 희주의 마음은 백만 인파가 짓밟고 지나간 듯 뭉개졌다. 하지만 눈물은 꾹 참았다.

희주는 편의점 창고에서 음료수 박스를 꺼내 빈 선반을 차곡차곡 채웠다. 오늘처럼 머리가 복잡한 날에는 몸을 바쁘게 움직여야 불안감을 잊을 수 있다.

편의점은 주택가에 자리 잡고 있어서 담배나 간식을 사러 오는 손님이 대부분이었다. 문에 설치한 알림벨 소리와 함께 중년의 남자가 가게 안으로 들어왔다. 매주 같은 번호로 로또를 사는 단골손님이었다. 직업은 알 수 없으나 양복 입은 모습을 한 번도 본 적이 없었다. 주로 목이 늘어난 티셔츠에 후줄근한 추리닝을 입고, 삼선슬리퍼를 끌고 왔다.

희주는 남자가 매주 사는 로또 번호를 외울 정도였다. 한번은 묻지도 않았는데 남자가 먼저 그 이유에 대해 말해주었다. 자동으로 번호를 정하면 자신의 노력이 전혀 들어가지 않아 허탕일 것 같은 기분이 든다고 했다. 희주는 매번 같은 번호로 사면 확률이 더 떨어지는 것 아니냐고 물었다. 하지만 그는 로또의 확률은 어떤 번호를 찍어도 다 똑같다고 말했다.

"오셨어요?"

희주가 인사를 건네자 남자는 눈인사를 하고 로또 용지가 있는 테이블로 걸어갔다. 희주는 정리하던 것을 멈추고 카운터로 들어가 로또를 기계에 입력할 준비를 했다. 남자는 컴퓨터용 사인펜으로 로또 용지에 색을 칠하더니 진열대를 힐끔 훑어봤다. 그러더니 마킹한 로또 용지와 빈 종이를 한 장 더 꺼내 들고 카운터로 걸어왔다.

남자는 일주일에 딱 한 게임만 구매했다. 그런데 그가 로또 용지를 두 장이나 내밀자 희주가 의아해하며 쳐다봤다.

"어? 이건 마킹이 안 된 건데요?"

빈 로또 용지를 보며 희주가 묻자, 남자가 빙그레 웃었다.

"하나는 알바 씨 거예요."

"네?"

"해봐요. 일주일이 좀 덜 힘들 거예요."

"아…… 아뇨. 전 괜찮아요."

희주는 어색한 미소를 지으며 손사래를 쳤다.

"오늘따라 왠지 힘들어 보여서요. 제 마음이니까 부담 갖지 말아요."

남자는 물러설 마음이 조금도 없다는 듯 돈과 로또 용지를 희
주에게 내밀었다. 상처투성이인 희주의 마음에 한 가닥 따스함
이 지나갔다.

"내가 왜 매주 한 게임만 사는 줄 알아요?"

"글쎄요."

"이번 주는 꽝이었지만 다음 주는 어떤 인생이 될지 모른다고
생각하면 일주일을 버틸 수가 있거든요. 또 그렇게 한 달, 1년을
살아갈 수 있고요. 왠지 알바 씨도 로또가 필요할 거 같다는 생각
이 들었어요."

희주는 로또 용지를 기계에 넣고 입력을 마쳤다. 작은 사각형
의 로또 용지를 남자에게 건네며 고개 숙여 인사했다.

"감사합니다. 어, 그런데 번호가 바뀌었네요?"

남자는 꼴등에라도 당첨이 되면 그제야 번호를 바꿨다. 유명
인의 생년월일이나 역사적으로 특별한 날짜를 조합해서 여섯 자
리를 만든다고 했다.

"이번에는 아역 배우의 생일이에요. 연기를 잘하는 게 미래가
아주 창창해 보이더라고요."

남자는 편의점을 나서면서 한마디 더 보탰다.

"로또 1등 되면 이제 못 보는 건가요? 그럼, 수고요."

희주는 남자가 말한 행운은 기대하지 않았다. 그러면서도 로
또 번호를 무엇으로 해야 1등을 할 수 있을지 고민했다. 왠지 일

생 단 한 번의 기회를 얻은 듯하여 쉽사리 번호가 떠오르지 않았다. 문득 궁금증해져 핸드폰을 켜고 지난주 당첨 번호를 확인했다. 1, 8, 23, 24······. 희주는 눈을 크게 뜨고 다시 확인했다. 분명 지난주까지 쓰던 남자의 로또 번호였다. 희주는 행운의 남자가 나간 문을 다시 쳐다보았다. 로또가 되어서 두 번 다시 못 보는 건 그 남자일 터였다.

희주는 망설임 없이 남자의 방식으로 로또 번호를 선택하기로 했다. 유명인들의 이름이 희주에게 인사를 건넸다. 희주는 그중에 탤런트 김애란을 선택했다. 연기도 잘하고, 항상 당당한 모습의 그녀는 희주의 롤모델이었다. 핸드폰에서 김애란을 검색하고 생년월일을 알아냈다. 1987년 6월 30일.

이 번호를 어떻게 조합할까 잠시 생각하다가 숫자를 쪼개어 순서대로 마킹을 했다. 숫자가 한 자릿수에 몰린 것이 영 찜찜했다. 당첨 확률이 낮아 보였다. 그러나 이내 우려를 털어내고 기계에 로또 용지를 넣었다. 희주의 손에서 여섯 개의 번호가 춤을 췄다.

1, 6, 7, 8, 9, 30. 희주의 일주일치 행복이었다.

*

6인용 병실의 창가 병상에는 푸석한 흰머리가 길게 자란 노년의 이말년이 누워 있었다. 말년은 가만히 눈을 감고 있었다. 마치 깊은 잠에 빠져 있는 사람처럼 보였다. 이루는 말년의 발치에 오래된 노트북을 올려놓고 유튜브 영상을 편집했다. 노트북의 느린 속도 때문에 짜증이 났지만 누나에게 새것을 사달라고 할 수는 없었다.

병실인지 고시원인지 모를 만큼 병상 옆 선반에는 살림살이가 가득 쌓여 있었다. 침대 아래도 옷가지가 담긴 라면 박스와 이불 보따리로 빈틈없이 채워졌다. 희주와 이루가 월세방을 빼서 꼭 필요한 세간만 들고 할머니 병실에 기거한 지도 반년이 넘었다. 처음엔 같은 병실 사람들도 이들의 사정을 딱하게 여겨 모르는 척 눈감아주었다. 하지만 연민과 동정은 오래가지 못했다. 희주네 가족은 가뜩이나 좁은 병실을 더 좁고 지저분하게 만든다는 이유로 미움을 받았다.

매번 바뀌는 옆자리 환자들과 갈등이 일어나기도 했다. 선반 위에 쌓아둔 살림들이 요란한 소리를 내며 쏟아져 환자와 보호자들을 놀라게 하기도 했고, 침대 아래 쟁여놓은 라면 박스가 밀려 나와 걸음에 방해가 되기도 했다. 음식을 담은 박스가 아닌데도 냄새가 난다고 코를 틀어쥐는 사람도 있었다. 희주는 뭘 그렇게 불편하게 했냐며 따지고 싶었지만, 입으로는 '죄송합니다'를 연발하며 몇 번이고 허리를 숙였다. 민원이 많아지면 병실에서 쫓겨나기 때문이었다.

한번은 이루가 교복 넥타이를 풀며 대들었다가 싸움이 크게 난 적이 있었다. 결국 이렇게 소란 피울 거면 밀린 병원비를 내고 병원에서 나가라는 권고가 돌아왔다. 비타민 음료를 들고 여기

저기 뛰어다니며 굽실대던 희주의 모습을 본 이후, 이루는 더는 소란을 피우지 않았다. 약자일수록 화를 삼켜야 할 일이 많다는 것을 두 남매는 경험으로 알게 되었다.

이루와 희주는 친남매가 아니었다. 희주 엄마와 이루 아빠가 12년 전 재혼을 하며 이루어진 가족이었다. 형제가 없던 둘은 금세 친해졌다.

언젠가 문구점 앞에서 게임을 하던 초등학생 이루가 고학년 형들에게 자리를 빼앗기자 희주가 나서서 혼쭐을 내준 적이 있었다. 유독 힘이 센 희주에게 얻어맞은 고학년 형들은 겁을 먹고 도망쳤다. 소문은 금세 퍼졌고, 희주의 동생은 건들면 안 되는 존재로 각인되었다.

희주는 동생도 동생이지만 아빠가 생겼다는 것이 든든했다. 외할머니와 함께 여자 셋이서 지내다 보니 '기가 세다' '여탕이다'라며 비아냥거리는 소리를 듣곤 했다. 희주는 엄마의 결혼으로 더는 수군대는 소리를 듣지 않게 되어 좋았다. 엄마가 미혼모였기에 처음으로 불러보는 아빠라는 호칭도 왠지 다정하게 느껴졌다.

아빠는 엄마 말이라면 껌뻑 죽는 애처가였다. 어느 겨울에 아빠가 야단맞는 남매 편을 들다가 다 같이 베란다로 쫓겨난 적이 있었다. 타일의 차가운 기운에 발이 시린 남매는 아빠의 발등을 밟고 허리춤에 매달려 있었다. 그런 세 사람을 보고 웃음을 참지 못한 엄마는 감금을 풀어주고 뜨거운 고구마를 쪄주었다.

그렇게 다정했던 부모님은 지인에게 사기를 당해 사채까지 빌렸고, 빚을 남긴 채 교통사고로 목숨을 잃었다. 이루가 중학교 2학년, 희주가 고등학교 3학년이던 3년 전 일이었다. 그래도 남매에게는 외할머니인 말년이 있어 의지가 되었다.

희주는 대학 입시를 포기하고 닥치는 대로 돈을 벌었다. 사채업자에게 빌린 돈의 이자를 갚기 위해 잠을 줄이고 일을 해야 했다. 시급을 조금이라도 높게 받기 위해 주로 야간 일을 맡았다. 그렇게 돈을 벌어도 빚 갚는 속도보다 이자 늘어나는 속도가 더 빨랐다. 그러다 보니 원금의 몇 배를 이자로 갚아야 했다.

무릎관절이 좋지 않은 말년은 집에서 할 수 있는 일을 찾았다. 봉제 인형에 솜을 넣고 옆단을 꿰매는 일을 했지만, 얼마 지나지 않아 뇌출혈로 쓰러져 병원에 입원하는 신세가 되고 말았다. 빚 이자에, 병원비에, 월세까지 감당하기 힘들었던 희주는 결국 할머니 병실에서 지낼 수밖에 없었다. 병상에서는 말년과 희주가 자고, 보호자용 간이침대에는 이루가 누웠다. 그러나 말년의 몸이 안 좋아지면서 희주가 간이침대를 사용하고, 이루는 복도 끝 의자에 누워 쪽잠을 잤다.

잠자리가 불편했지만 병원 생활은 금방 익숙해졌다. 냉난방이 잘 됐고, 전기와 수도, 인터넷도 마음껏 쓸 수 있었다. 먹을 것은 희주가 아르바이트하는 식당이나 편의점에서 남은 음식을 가져와 해결했다.

희주는 고깃집 아르바이트에서 잘렸다고 힘들어할 여유조차 없었다. 젊은 사람을 구하는 식당은 많았으므로 또 구하면 그만이었다. 희주는 얼굴에서 지친 기색을 지우고 외할머니인 말년부터 챙겼다.

"할머니, 오늘은 불편한 거 없었어요?"

말년은 고개를 끄덕이며 거칠어진 희주의 손등을 토닥였다.

"이루야, 배고프지? 할머니, 밥 먹고 올게요."

말년은 희주가 애써 밝은 표정을 짓고 있다는 것을 단번에 알아채고 한숨을 푹 쉬었다.

"자귀도…… 물빛이 정말 고왔는데……. 그 보물만 있었어도…… 너희들 이 고생 안 시키는 건데……."

"또 그 얘기하시네. 진짜 있는 거 맞아요? 전설 아니고? 보물이면 보석? 금인가? 금이면 좋겠다."

희주가 선반에 올려놓은 식판을 꺼내며 무심히 말을 받았다. 말년한테서 이미 수십 번은 들었던 이야기라 놀랍지는 않았지만, 오늘만큼은 그 이야기가 사실이었으면 하고 마음속으로 바랐다.

"네 어미가 벼락 맞은 고목 아래 묻었댔어. 에휴, 섬 떠나기 싫다고 몰래 그 짓을……."

가만히 듣고 있던 이루가 노트북을 닫고 벌떡 일어나며 말했다.

"진짜면 당장 찾아올게요."

"안 돼! 거긴!"

이루가 장난삼아 한 말에, 말년은 소스라치게 놀라며 소리쳤다. 얼굴이 검붉게 질린 말년이 몸을 부르르 떨며 이루의 손을 꽉 움켜쥐었다.

"아야! 아파, 할머니."

이루는 말년의 손아귀에서 자신의 손을 구출하듯 빼내었다. 말년은 자귀도에 대한 이야기를 남매에게 가끔 들려주었다. 엄마 금보화의 이름처럼 보물이 있다는 것과 물빛과 안개에 휩싸인 신비로운 섬이란 것 외에는 깊은 이야기를 하지 않았다. 정말 보물이 있다면 엄마와 할머니는 왜 찾아오지 않았을까? 희주는 할머니가 왜 두려움을 느끼는지 궁금했다.

"보물은 잊어! 명심해! 거긴 인간이 가면 안 돼…… 콜록콜록…… 흐윽……."

말년은 기침을 수차례 하더니 갑자기 눈을 감고 맥없이 축 늘어졌다.

"할머니!"

남매가 동시에 소리 지르며 말년의 몸을 거칠게 흔들었다. 하지만 말년의 안색은 점점 더 흑색으로 변했다. 이루는 허둥대며 인터폰을 들고 애타게 의사를 찾았다.

그때, 말년이 기침하며 눈을 번쩍 떴다.

"어서 밥 먹고 와. 아직은 안 죽어."

병원 탕비실은 남매의 식당이었다. 희주는 비닐에 싸 온 고기와 반찬을 식판에 옮겨 담았다. 사장이 길고양이에게 주는 거냐고 했던 고기였다. 이루는 냉장고에서 유통기한이 지난 삼각김

밥 두 개와 우유를 꺼내 왔다.

"음식 싸 간다고 뭐라 안 해?"

"음식물 쓰레기 줄이고 좋지, 뭐."

남매는 싱크대에 식판을 올려놓고 선 채로 음식을 오물거렸다. 제대로 된 밥상을 받아본 지가 언제인지 기억나지 않았다. 물릴 대로 물린 음식이지만 이루는 내색하지 않고 맛있게 먹었다. 누나가 일하는 식당이 바뀔 때마다 지난번 음식보다 더 맛있다며 기특하게 굴었다.

"누나…… 울 아빠 빚 때문에 고생 많지? 이젠 내가 감당할게."

희주는 아무런 감정의 동요 없이 담담하게 말했다.

"그래, 막 벌어. 나처럼 공사판 불판 가리지 말고 닥치는 대로."

이루는 흥분하며 대꾸했다.

"요즘 누가 그렇게 버냐? 나는 유튜브로……."

이루의 말이 끝나기도 전에 희주의 손이 그의 뒤통수를 세게 후려쳤다. 이루는 아픈 뒤통수를 손으로 비비며 성질을 부렸다.

"아! 왜 때려!"

"시간 처남아돌아. 그치? 방학 짧다."

희주는 이루 입에 고기를 푹 찔러 넣었다.

"야, 양이루. 언제 정신 차릴래? 내가 이 나이에 고딩 육아라니."

티격태격해도 이루는 아무렇지 않게 화를 내는 누나가 고맙고 좋았다. 이젠 버겁다고, 피 한 방울 안 섞였으니 각자의 길을 가자고 먼저 말할까 봐 두려웠다. 병실 사람들도 둘의 관계를 알고 나면 뒤에서 수군대곤 했다. 이루를 희주의 혹처럼 여기는 말들이었다. 설마 누나 마음이 그렇지는 않을 테지만, 오늘처럼 근심 어린 눈빛일 때는 특히 신경이 쓰였다. 분명 힘든 일이 있었던 것이다.

"할머니 수술비도 있잖아……."

이루가 기운 빠진 목소리로 말했다. 희주는 대답 대신 삼각김밥을 입 안으로 밀어 넣었다. 더 이상 이루를 안심시킬 어떤 말도 남아 있지 않았다. 이대로라면 이루 역시 대학 진학은 어려울 것이다. 무슨 수로 사채를 갚고 할머니 병원비를 댄단 말인가. 부모님이 살아 계셨다 한들 딱히 답이 보이지 않는 문제였다. 그냥 오늘 하루 사채업자와 부딪치지 않은 것만으로도 운이 좋은 날이라 치부했다.

희주는 한 손엔 식판을 다른 손엔 로또 용지를 들고 이루와 병실 앞 복도를 걸었다. 희주는 괜스레 로또 용지를 형광등 불빛에 비춰보았다. 단골손님의 말대로 로또 용지를 볼 때마다 기분이 좋아졌다. 그렇게 하루를 무사히 보냈다고 안심하는 찰나, 불운의 그림자가 따라붙었다. 남매는 외할머니 병실에서 나오는 사채업자 창문과 순문을 딱 마주쳤다.

한여름에도 창문은 빨간 가죽 재킷을, 순문은 파란 가죽 재킷을 입고 다녔다. 그들은 형제라는 것이 자랑스러운 듯 형제대출이라는 상호를 썼다. 형인 순문은 모자란 구석이 있고, 실세인 동생 창문은 생긴 대로 악랄했다. 창문은 약자를 짓밟고 강자에게 허리를 굽실대며 살아온 천박한 사내였다. 하지만 그들의 옷차림 때문에 희주는 겁을 먹기는커녕 우습게 생각했다.

형제는 채무자를 만날 때 꼭 이 패션을 고집했다. 이 정도로 튀게 입어야 채무자들에게 겁을 줄 수 있었다. 역시나 미친놈들이니 건들지 말라는 시그널임을 상대가 먼저 알아줬고 수금이 수월해졌다. 이 사실을 유독 희주만 알아주지 않으니 형제는 속이 뒤틀렸다.

창문이 짝다리를 짚고 서서 희주를 향해 빈정거렸다.

"아이씨, 장례식장 갔는데 없더라니 아직도 병실이네? 사망보험금 언제 타서 빚 갚을래?"

창문이 꿀밤 먹이듯 희주 머리를 주먹으로 툭툭 쳤다. 희주는 눈 깜빡 안 하고 창문을 똑바로 노려봤다. 창문은 검지와 중지를 세워 그녀의 눈을 찌르는 시늉을 했다. 하지만 희주는 여전히 미동조차 없었다.

"오호, 안과 가. 너 시신경에 문제 있어."

창문이 야비하게 웃더니 손을 들어 희주 뺨을 세차게 내려쳤다. 희주의 코에서 피가 툭 터져 나왔다. 이루가 비틀거리는 희주를 다급히 부축했다.

"누나!"

희주 손에서 미끄러진 스테인리스 식판이 요란한 소리를 내며 바닥에 나뒹굴었다. 조용한 병원에 울려 퍼지는 쨍그랑 소리에 사람들의 시선이 몰리기 시작했다. 하지만 상황을 파악하고는 곧 모른 척 다시 병실로 들어가거나 멀찌감치 떨어져서 웅성거리며 구경만 했다. 희주는 창문을 노려보며 손바닥으로 코피를 쓱 닦아냈다. 그녀의 피는 유독 검붉었다.

"얘 피 진한 거 봐. 철분을 포식했나? 자석도 붙겠다야."

창문은 혀를 양 볼에 이쪽저쪽 찔러 넣었다.

"너 나 안 무섭지? 보통은 똑바로 못 보거든? 근데, 너는 봐. 잘 봐. 막 봐. 말대꾸도 따박따박."

창문은 목청을 가다듬었다.

"아, 아. 아 씨, 목소리가 만만한가?"

"애들이 맨날 놀렸잖아. 모깃소리라고, 히히."

순문이 푼수처럼 떠들어대자 창문이 홱 쏘아보았다. 순문은 기가 죽은 듯 몸을 움츠리고 눈을 내리깔았다. 희주는 창문에게 붙박은 시선을 거두지 않고 똑똑한 목소리로 말했다.

"지금까지 뜯긴 돈이 원금의 몇 밴 줄 알아? 신고할 거야!"

앙칼진 희주의 목소리에 창문이 비웃음 섞인 말투로 말했다.

"그래, 해. 형, 신고 번호가 뭐였지? 114?"

형제는 뭐가 재미있는지 킥킥 웃어댔다. 희주는 더욱더 날카로운 눈빛으로 창문을 쏘아봤다.

"어라, 안 웃네?"

흥이 깨진 듯 창문은 웃음을 바로 거둬들였다. 표정이 싸늘하게 식으며 눈썹이 꿈틀했다.

"오늘은 이쯤에서 그냥 가는데, 이달 말까지 돈 준비 안 되면 피 맛 아주 진하게 볼 줄 알아."

창문이 손으로 배를 가르는 시늉까지 해보였지만 희주의 눈빛은 변하지 않았다. 창문은 그럴 줄 알았다는 듯 비열한 웃음을 지었다.

"이렇게 하자. 너 말고, 네 할머니랑 동생 배를 가르는 거야. 그쪽이 빠르겠어. 사망보험금이라도 챙겨야지. 안 그래?"

외할머니와 동생이 지목되자 희주는 그제야 주먹을 쥐고 부들부들 떨었다. 흥분하니 목과 팔의 혈관이 툭 불거졌다. 희주 손에 들린 로또 용지도 덩달아 미세하게 떨렸다. 창문은 자신의 협박이 성공했다는 것에 만족해하며 희주 손에 시선을 꽂았다.

"어? 로또네?"

창문은 로또 용지를 바로 낚아챘다.

"이거 살 돈으로 빚 갚을 생각을 해야지. 하여튼 요즘 것들은 날로 먹으려 든다니까. 정당하게 일해서 벌란 말이야. 이건 압수."

창문은 로또 용지를 바지 주머니에 찔러 넣었다. 희주는 분했지만 아무 말도 할 수가 없었다. 티끌만 한 희망마저 싹 쓸어 가는 현실이 비참할 뿐이었다.

창문이 돌아서자 뒤에서 병풍처럼 폼을 잡고 서 있던 순문이 턱을 내밀고 희주에게 으름장을 놓더니 동생 뒤를 따랐다. 순문이 창문 옆에 바싹 붙으며 말했다.

"여기 장례식장 육개장 존맛인데 먹고 갈 거지?"

창문은 어이없다는 듯 눈을 흘겼다.

"여기가 무슨 맛집이냐?"

"어떻게 알았어?"

창문은 말문이 막혔다. 말간 눈으로 자신을 처다보는 순문의 어깨를 힘껏 누르며 한숨을 쉬었다. 그러고는 대구 없이 엘리베이터를 향해 걸었다. 순문은 아쉬운 듯 입맛을 다시며 창문의 뒤를 따랐다.

희주는 사채업자들이 사라진 방향을 노려보며 주먹을 꽉 움켜쥐었다. 이대로 저들에게 끌려다녔다가는 미래는 없고 지옥 같은 현재만 존재할 것 같았다.

"이루야…… 우리, 가자."

"어딜?"

"무슨 일이 있어도 가자!"

이루는 미세하게 떨리는 희주의 말에 불안했다.

"어딜 가는데? 누나……."

희주는 눈에 힘을 주고 이루를 처다봤다. 이루는 누나가 대체 무슨 결심을 한 건지 걱정돼 뒷덜미가 오싹했다.

가랑비가 대기의 먼지를 씻어내자 공기가 상쾌해졌다. 희주는 할머니의 병상을 복도 끝에 있는 병실로 옮겼다. 자신들이 없는 사이에 사채업자들이 들이닥치지 못하도록 나름대로 머리를 쓴 것이다.

복도 끝 창가에 갈매기 한 마리가 날아와 앉았다. 병실에서 나오던 희주는 비둘기인 줄 알고 흠칫거렸다. 희주는 갈고리 발톱을 가진 새를 무서워했다. 어린 시절 희주 입에 물린 과자를 빼앗아 먹겠다고 비둘기가 달려들던 기억 때문이었다. 새 눈에도 아이는 만만했던 모양이다. 비둘기는 외할머니가 빗자루를 휘두르며 달려오자 비로소 날아갔다. 그때부터 희주는 갈고리 발톱이 있는 새만 보면 공포심을 느꼈다.

병원은 인천이었지만 바닷가가 아닌 내륙이라 갈매기를 보는 것은 흔치 않았다. 갈매기는 노란 장화 같은 오리발에 눈 옆으로 검은 깃털을 가지고 있었다. 희주는 갈매기와 눈이 마주쳤다. 비를 피하겠다고 창문 난간에 앉았지만 처마가 없는 건물이라 갈매기 머리로 빗방울이 뚝뚝 떨어졌다. 희주는 자신처럼 갈 곳 없이 고생이라는 생각에 갈매기를 애처롭게 바라보았다.

같은 병실이었던 간병인 아주머니가 걱정스러운 얼굴을 하고 희주 곁으로 다가왔다. 그녀는 희주의 사정을 딱하게 여겨 대가 없이 말년을 돌봐주곤 했다.

"거기 위험하다면서. 할머니가 신신당부했단 말이야."

배낭을 메고 나온 이루가 자신의 탄탄한 팔근육을 과시하며 말했다.

"그래서 제가 같이 가잖아요. 걱정 마세요."

희주는 싱긋 미소를 지으며 간병인을 안심시켰다.

"할머니한텐 여행 다녀온다고 둘러댔어요. 무슨 일 있으면 꼭 연락주세요."

희주의 결심은 확고했다. 할머니가 말한 자귀도가 위험해봤자 장기를 빼 간다는 사채업자보다 무섭겠나 싶었다. 어느 쪽에서든 두려움은 희주를 삼키려 혀를 날름거렸다. 희주에게는 더 이상 달아날 곳이 없었다.

남매를 태운 버스는 멀리 남해를 향해 달려 마침내 동백항에 도착했다.

이루는 핸드폰으로 영상을 촬영하며 희주를 따라다녔다. 사실 보물은 기대하지 않았다. 다만 섬 여행을 콘텐츠로 유튜브 영상을 촬영할 좋은 기회라고 생각했을 뿐이다.

남매는 무거운 배낭을 각자 짊어지고 사람들에게 물어물어 자귀도 가는 배를 수소문했다. 희주의 물음에 마을 어르신이 손끝으로 한 곳을 가리켰다. 그곳에는 배에 짐을 싣고 있는 중년의 남자가 있었다. 바다낚시를 하는 중간 크기의 선박이었다. 무거운 짐을 옮기며 구시렁대는 남자에게 희주가 다가섰다.

"이학철 선장님?"

학철은 혼잣말을 멈추고 희주를 올려다봤다. 희주의 큼직한 배낭이 학철의 눈에 제일 먼저 들어왔다. 학철의 표정은 어느새 반가움으로 바뀌어 있었다.

"어서 오세요. 배 선택 잘하셨네. 이 배가 10기통이요. 이 일대 섬 싹 다 훑는데 한 시간도 안 걸려요. 또 낚시 포인트도 나만큼 잘 아는 사람이 드물지. 어디로 모실까?"

학철은 자귀도 사람들의 뒤를 봐주고 있었다. 학철의 일이라고 해봤자 섬사람들의 재산을 대신 관리하고—엄밀히 말하면황 대감의 재산이었다—편의를 위해 택배를 보내거나 인간계와 연관된 자잘한 것들이었다. 처음엔 칠봉이 하던 일이었고, 이후엔 그의 자녀를 거쳐 지금은 증손자인 학철의 일이었다.

"자귀도요."

학철은 희주의 입에서 자귀도라는 말이 튀어나오자 싸늘하게 표정을 굳혔다. 자귀도를 가겠다는 인간은 한 번도 없었다. 그만큼 세상에서 잊힌 비밀스러운 섬이었고 주변에 크고 작은 섬들이 많아 포구 사람들도 관심을 갖지 않았다. 학철은 경계의 눈빛으로 희주를 쏘아보고는 속사포처럼 질문을 뱉어냈다.

"어디요? 자귀도요? 왜요?"

희주는 예상치 못한 질문들이 쏟아지자 당황하여 머뭇거렸다.

"네? 그러니까……."

학철은 희주가 답을 선뜻 내놓지 못하자 더욱 의심스럽다는 눈빛으로 위아래를 훑었다. 낚시 손님이 아닌 것은 확실했다.

희주는 차마 보물을 찾으러 간다고 말할 수 없어서 대충 둘러댔다.

"하룻밤 캠핑하려고요."

"캠핑?"

희주가 어깨를 살짝 비틀어 배낭을 보여줬다.

"자귀도는 어떻게 알았대요?"

"인터넷에서요."

"내 이름은 어떻게 알았대요?"

"동네 사람들이⋯⋯."

"아아⋯⋯ 이거 온 동네가 프락치구먼."

학철은 그제야 의심의 눈초리를 풀고 고개를 끄떡였다. 그 모습을 본 희주는 어려운 시험 문제를 통과한 것처럼 뿌듯했다.

"뱃삯은 얼만가요?"

"안 가요!"

희주의 기대와 달리, 학철은 딱 잘라 거절했다.

"방금 가신다고⋯⋯."

"방금 맘이 바뀌었어."

"사람들이 택배 싣고 오늘 가신다던데요?"

"아⋯⋯ 씨⋯⋯ 이놈의 주둥이들."

학철은 더는 핑곗거리가 떠오르지 않아 잠시 망설였다. 자귀도가 어떤 섬인지 숨겨야 했다. 보아하니 두 사람은 아무것도 모르고 온 것 같았다.

"안 된다면 다른 배를 알아볼게요."

학철의 눈썹 끝이 치솟았다. 학철은 다른 배를 타고 가겠다는 희주를 더는 거절할 수 없었다. 괜히 일을 키우게 될까 봐 걱정되어 마지못해 허락했다.

"내일 나옵니까?"

"네."

"조용히 있다 올 수 있죠?"

"다녀간 줄도 모를 겁니다."

짙게 깔린 안개를 뚫고 학철의 배가 자귀도에 가까워졌다. 학철은 엔진 기어를 낮췄다. 섬에 다다르니 불안감은 더욱 커졌다. 이 섬의 비밀을 알지 못하는 저 천진난만한 인간들이 섬사람들의 평화를 깨지는 않을까. 학철은 뭐라도 해야 하지 않을까, 라는 생각에 콘솔박스에 넣어둔 약품함을 꺼냈다. 학철이 약품함을 내밀자 희주는 이건 뭐지? 하는 눈빛으로 쳐다봤다. 학철은 어서 받으라는 듯 약품함을 흔들었다.

"피 나면 바로 봉하라고요. 걱정돼서……."

"아뇨. 괜찮습니다."

희주는 손까지 저어가며 거절했지만, 학철은 막무가내로 희주 손에 약품함을 쥐여줬다.

"댁들 말고, 섬사람들이 걱정돼서요."

희주는 엉겁결에 약품함을 떠안듯 받아 들었다. 이루는 여행객처럼 들떠 핸드폰을 높이 치켜들고 셀카를 찍고 있었다. 학철은 철부지 같은 이루를 슥 보더니 한숨을 내쉬며 말했다.

"꼭 들어가야겠어요?"

"네?"

학철은 희주 얼굴 가까이 고개를 들이밀었다.

"조심해요, 조심. 정신 빠짝 차리고, 아무 일도 벌이지 마요."

희주가 눈을 끔뻑거렸다. 우리가 무슨 호랑이라도 잡으러 가는 줄 아는 건가? 희주는 겁을 주는 것인지 조심을 시키는 것인지 모를 학철의 태도가 이상하게만 느껴졌다.

그것이 불과 몇 시간 전의 일이었다.

인간 VS 흡혈귀

때맞춰 내린 비는 불씨 하나 남기지 않고 섬을 적신 후 서서히 멈췄다.

하마터면 섬 전체가 큰 불길에 휩싸일 뻔했으나 희주가 일찍 발견해서 알린 덕분에 더 큰 화를 피할 수 있었다. 황 대감은 고마움의 표시로 남매를 아침 식사에 초대했다. 손님에게 후했던 옛날의 습성이 남은 탓에 실언을 한 것이다. 황 대감은 아차 싶었으나 뱉은 말을 거둬들일 수는 없었다. 마을 사람들을 구한 은혜가 있으니 박하게 대할 수도 없는 노릇이었고, 날이 밝았으니 이제 곧 떠날 사람들이었다. 황 대감은 별일 있겠나 싶어 개똥어미에게 손님상을 차리라고 했다.

황 대감 집 대청마루에 아침상이 평소보다 푸짐하게 차려졌다. 섬사람들은 연기에 그을린 얼굴을 씻고 각자 정해진 자리에 앉았다. 황 대감과 보윤이 겸상을 하고 그 옆으로 섬사람들 상이 따로 차려졌다.

"너무 절망 말게. 한 번 성공한 거 두 번은 못 하겠는가?"

황 대감은 위로와 기대를 담은 눈빛으로 칠봉을 바라봤다. 하지만 칠봉은 여전히 자신 없는 목소리로 말했다.

"그게…… 그러니까…….'"

칠봉의 긍정적인 대답을 기대하는 모든 이의 눈빛이 애절했다.

"날 닮아서 칠봉이 머리가 비상하니까요. 금방 다시 될 겁니다."

칠봉아비가 아들을 추켜세웠다. 칠봉은 머쓱해하며 뒷머리를 긁적였다.

"제 입으로 말하긴 좀 그렇지만, 사람들이 양반으로 태어났으면 조선의 운명을 바꿀 천재라고…….'"

"그래서 된다는 거야? 안 된다는 거야?"

개똥이가 재촉하자 칠봉은 축 처졌던 어깨를 쭉 펴며 망설임 없이 대답했다.

"됩니다! 돼요."

칠봉의 목소리에 힘이 실리자 섬사람들은 그제야 안도하며 손뼉을 쳤다.

희주와 이루가 열린 대문으로 들어왔다. 남매는 자신들을 환영하는 박수 소리라고 생각하고 어리둥절해하며 마루 위로 올라섰다. 개똥어미의 안내에 따라 남매가 상에 끼어 앉았다. 남은 음식과 유통기한 지난 삼각김밥으로 배를 채웠던 남매는 오랜만에 마주한 맛있는 음식들을 보며 입을 다물지 못했다. 이루는 섬사람들을 훑어보고는 희주에게 살짝 귓속말을 했다.

"사극 찍나? 상투도 틀었어. 완전 풀 세팅."

"한옥 마을인가 보지. 조용히 있어."

희주의 눈에도 섬사람들은 평범해 보이지 않았다. 하지만 머릿속에는 온통 보물이 파묻혀 있다는 고목 생각뿐이라 대수롭지 않게 넘겼다.

황 대감이 근엄한 목소리로 남매를 향해 말했다.

"덕분에 큰 화를 면했소. 입맛에 맞을지 모르겠으나 개똥어미가 정성껏 차린 음식이니 많이 들어요."

개똥어미는 희주 앞쪽으로 고기 반찬을 밀어줬다.

"고기는 많으니까 부족하면 말해요."

"누나 채식주의잔데."

이루의 말에 황 대감은 무슨 뜻인지 몰라 다른 사람들과 눈빛을 교환했다. 희주가 멋쩍게 웃으며 말했다.

"채식을 주의해서 먹는다는 말입니다."

"그래요? 그럼, 우리도 채식주의요. 시장할 텐데 어서 들어요."

황 대감은 사람 좋은 웃음을 짓고 숟가락을 들었다. 황 대감이 고깃국물을 한술 뜨자 모두들 음식을 먹기 시작했다.

희주와 이루도 젓가락을 집었다. 희주는 버섯전을 집어 입에 넣고 오물거렸다. 먹음직스러운 생김새와 달리 맛이 밍밍하고 느끼

했다. 옆에 앉은 이루도 불고기를 한 젓가락 집어 입에 꽉 채워 넣었다. 하지만 불고기가 혀에 닿자마자 으웩 하고 밥그릇에 그대로 뱉어냈다. 희주는 미간을 찡그리며 이루의 허벅지를 툭 쳤다.

그 모습을 본 개똥아비가 작게 말했다.

"말년이가 요리는 잘했……."

개똥아비가 금기어인 말년을 입에 올리자 놀란 개똥어미가 잽싸게 둘러댔다.

"파, 마늘 양념을 안 써서 그래요."

"건강한 맛이네요."

희주는 억지로 미소를 지으며 꾸역꾸역 음식을 삼켰다. 이루도 죄송하다는 듯 고개를 한 번 쏙 숙이고는 뱉어낸 음식을 다시 입에 집어넣었다.

개똥이에게는 엽기적인 이루의 행동도 소탈하게 다가왔다. 개똥이는 이루에게서 눈을 떼지 못했다.

"근데 언니랑 오빠랑 안 닮았다."

"울 아빠랑 누나 엄마랑 재혼하셨어."

"그래, 부모님은 뭐 하시고?"

황 대감의 의례적인 질문에 희주는 음식을 꿀꺽 삼키고 얌전한 목소리로 대답했다.

"두 분 다 사고로 돌아가셨어요."

"아이고…… 아직 어린데 고생이 많았겠소."

황 대감이 남매를 딱하게 쳐다봤다. 곁에 앉은 보윤도 숟가락을 내려놓고 안쓰러운 눈빛으로 바라봤다.

아까부터 남매를 유심히 지켜보던 박훈이 뜬금없는 질문을 던졌다.

"근데 혈액형이 뭐요?"

"서방님!"

복분이 제 서방을 사납게 노려봤다.

"딱 보면 아실 텐데. 벌금형이잖아요."

이루가 장난스럽게 말하자 희주는 동생의 등짝에 스매싱을 날렸다. 이루는 익히 예상한 반응이라는 듯 등을 비비며 씨익 웃어 보였다.

그 모습을 지켜보던 개똥이가 고개를 갸웃했다.

"혈액형에 따라 맛이 달라요?"

놀란 개똥어미는 사레가 들려 기침을 연발하면서 개똥이 입에 선지를 구겨 넣었다.

"혈액형은 왜요?"

이루가 묻자 박훈이 복분의 눈치를 살피며 답했다.

"혈액형에 따라 피 맛이 다를 수도 있겠다 싶어서."

희주와 이루는 썰렁한 농담이라고 생각하고 어색하게 웃었다. 복분은 남매가 눈치채지 못해 다행이라 생각하고 박훈이 더는 말하지 못하도록 고기를 한 숟가락 가득 떠서 서방의 입에 찔러 넣었다.

"정말 가족처럼 화목해 보이네요."

희주의 의중을 모르는 보윤은 가족과 진배없이 지낸다며 은근 슬쩍 섬 자랑을 했다. 섬사람들은 희주의 칭찬이 듣기 좋았다. 길고 힘들었던 세월을 참 잘 살아왔구나 싶어 스스로도 흡족했다.

"그래서 당분간 여기서 지내려고요. 잘 부탁드립니다."

모두가 동작을 멈추고 동시에 희주를 쳐다봤다. 섬사람들에겐 지난밤 화재보다도 더 놀라운 발언이었다. 자신에게 쏠린 시선에 희주가 당황하자, 눈치 없는 개똥이가 손을 번쩍 들었다.

"난 찬성."

칠봉이 서둘러 반기를 들었다.

"안 돼! 밤기운이 차서 텐트에서 자다가 입 돌아가."

"복분 언니 시집가기 전에 살던 집 비었잖아요."

개똥이의 방어막에 질세라 칠봉이 입을 떼려는데 보윤이 먼저 말을 보탰다.

"사람 손 안 타면 집 망가지는데. 잘됐네, 잘됐어."

보윤은 식사하는 내내 희주만 바라보았다. 칠봉에게 인간이 섬에 왔다는 소식을 전해 들은 후 비로소 채옥이 아니라는 것을 실감했다. 하지만 누이나 다름없던 채옥을 쏙 빼닮은 희주가 궁금했고 더 지켜보고 싶었다. 바닷가에서 무례했던 자신의 행동을 떠올리면 얼굴이 화끈거렸다. 사과를 하고 오해를 풀기에 자리가 마땅치 않아 난감했는데 섬에 좀 더 머문다 하니 반대할 이유가 없었다. 황 대감의 우려는 보윤의 안중에 없었다.

상전인 보윤의 말을 차마 막아서지 못한 칠봉은 앓는 소리만

냈다. 유일하게 믿을 사람인 황 대감 또한 헛기침만 할 뿐이었다.

황 대감의 눈치를 살피던 개똥어미는 일을 낸 개똥이의 머리를 콱 쥐어박았다.

"아, 왜 때려!"

개똥이는 아픈 머리를 문지르며 신경질을 냈다. 하지만 이루를 좀 더 오래 볼 수 있다는 생각에 이내 통증을 잊고 배시시 웃었다.

황 대감 집을 나선 남매 곁으로 개똥이와 보윤이 나란히 걸었다. 이루는 나직한 목소리로 희주에게 귓속말을 했다.

"진짜 여기서 살게?"

"숲이 전부 탔는데 당장 고목을 어떻게 찾아. 시간이 좀 더 필요해."

희주의 표정에는 비장함마저 서려 있었다. 보윤이 헛기침을 하며 희주 옆으로 다가섰다.

"어제의 무례는 용서해주시오. 조선의 다모 이야기를 쓰던 중이라 잠시 착각했소. 내가 몰입을 잘해서……."

보윤의 말에 희주는 무심한 척했다. 혹시라도 보윤의 외모에 혹해서 마음이 흔들리지 않도록 머릿속에 미친놈이라는 도장을 콱 찍어놓았다. 시큰둥한 희주의 반응에 개똥이가 말을 보탰다.

"도련님은……."

"도련님?"

개똥이의 뜬금없는 존칭에 이루가 의아해했다. 개똥이는 얼른 말을 바꿨다.

"아니, 삼촌은 웹툰 작가예요. 〈조선 흡혈 종사관 담피〉라고 카카이버에 연재 중인데, 혹시 아세요?"

보윤을 바라보는 이루의 눈빛이 초롱초롱 빛났다.

"와! 웹툰 작가 황보윤이 형이에요? 역사학자도 배우고 간다는 그 웹툰, 역사학자가 쓴 거 아니냐는 소문 무성한 그 웹툰을 형이 그렸다고요? 와, 어쩐지 머리부터 발끝까지 사극 패션이더라니 다 이유가 있었네."

보윤은 헛기침을 한 뒤 은근슬쩍 제 자랑을 했다.

"흠흠. 죽기 전에 꼭 봐야 할 웹툰 1위라고……."

"조선 시대 흡혈귀가 쓰는 거 아니냐는 우스갯소리도 있잖아요."

이루의 말에 당황한 보윤은 사레가 들려 캑캑거렸다.

"와. 형, 저 팬이에요. 찐팬."

희주를 의식한 듯 보윤은 이루의 어깨에 다정하게 손을 올렸다.

"정말? 이렇게 팬도 만나고, 운명이네. 운명."

희주는 넌지시 자기 자랑을 하는 보윤이 귀여워 입꼬리를 살짝 올렸다가 내렸다. 잘나가는 웹툰 작가라고 하니 경계심이 풀렸고, 속물처럼 보윤이 다시 보였다.

복분의 집 앞에 다다르자 개똥이가 대문을 활짝 열며 말했다.

"여기가 복분 언니 시집가기 전에 살던 집이에요. 빈집 중에서는 그나마 제일 깨끗해요."

사람 손이 꽤 오랫동안 머물지 않은 작고 낡은 한옥이었다. 병실 생활을 오래 했던 남매는 만족스러운 표정으로 서로를 바라보았다.

*

박훈과 복분은 작년에 부부의 인연을 맺었다. 그들이 부부가 되기까지 130년이 걸린 셈이었다.

흡혈귀만 남은 이 자귀도에 복분은 유일한 처녀였다. 짝이 필요한 남자는 박훈과 황보윤, 그리고 지금은 세상을 등지고 없는 금 도령이었다. 남자들은 모두 양반이었고 복분은 평민의 여식이었다. 세상이 개벽하지 않았다면 복분은 첩이 아니고서는 그들과 맺어지기 어려운 신분이었다.

복분은 보윤을 남몰래 흠모했었다. 인간이었을 때는 감히 넘보지 못할 상대였지만, 섬에 처녀들이 전부 사라진 뒤로는 입장이 달라졌다.

황 대감은 복분이 보윤을 마음에 두고 있는 것을 일찌감치 알고 있었다. 그리고 마음속으로 복분이 보윤의 짝이 되길 바랐다. 보윤만 복분에게 마음을 연다면 어려운 일도 아니었다. 하지만 보윤은 수십 년이 지나도 여전히 복분에게 관심을 두지 않았다. 결국 승자는 박훈이었다.

박훈은 남자들 중 제일 먼저 복분을 부인으로 삼고자 했다. 자

신보다 여러모로 출중한 보윤에게 복분을 빼앗길까 봐 노심초사
하며, 복분의 마음을 사로잡기 위해 온갖 구애를 했다. 사내 중 제
일 어렸지만 여인의 마음을 얻는 데는 누구보다도 자신 있었다.

박훈은 봄이 오면 제일 먼저 피는 꽃을 꺾어 복분의 머리에 꽂
아주었고, 여름이면 직접 만든 부채를 선물했다. 그리고 산들산
들 부채질하는 복분의 모습을 보며 선녀 같다고 칭찬했다. 가을
이면 알록달록한 단풍을 모아 그녀 앞에 뿌려주었고, 겨울이면
눈사람을 만들어 복분을 미소 짓게 했다. 하지만 아무리 노력해
도 복분의 마음은 가까워지지 않았다.

박훈이 복분에게 청혼한 이유는 가족을 만들고 싶어서였다. 보
윤과 칠봉도 아버지가 있고, 개똥이도 부모가 있는데 자신과 복
분만 혈혈단신이었다. 박훈의 이야기를 들은 복분은 부부는 못
돼도 오누이처럼 지내자며 그의 손을 꼭 잡았다. 그날부터 복분
은 박훈을 챙기기 시작했다. 밥을 지으면 잘 말린 누룽지에 설탕
을 뿌려 박훈에게 건네주었고 한겨울에는 아궁이에 구운 고구마
를 나눠 먹었다.

박훈은 혹시나 복분이 싫어할까 봐 전처럼 꽃을 따주지도 눈
사람을 만들어주지도 못했다. 복분이 그것들을 기다리는 것을 전
혀 알지 못했다. 복분도 박훈에게 뭔가를 받기만 할 때는 몰랐다.
하지만 오누이처럼 생각하고 챙겨주기 시작하면서부터 그가 다
른 사람과 다르게 느껴졌다. 박훈이 정성을 들이며 복분에게 애
정을 쌓은 것처럼 복분도 마음의 빛깔이 달라지기 시작했다.

지난해, 복분은 동지팥죽을 들고 박훈의 마당에 들었다가 화단의 수국을 보고 울상을 지었다. 복분을 위해 키웠던 수국이 제자리에서 말라비틀어져 있었다. 복분은 박훈에게 물었다.

"왜 이젠 꽃을 꺾어주지 않아?"

"그야…… 누이가 싫어하니까."

"이 바보야, 꽃을 싫어하는 여인이 어딨어!"

복분은 팥죽 그릇을 들고 펑펑 울었다. 박훈은 어리둥절해하며 일단 복분의 등을 토닥여줬다. 그런데 복분이 그의 가슴에 머리를 살포시 파묻었다. 서로의 마음은 팥죽처럼 뜨거웠다. 그로부터 며칠 지나지 않아 둘은 조용히 혼례를 올리고 부부의 연을 맺었다.

130년 만에 생긴 자귀도의 경사였다.

하지만 복분은 혼례 후 처음으로 후회를 했다. 메밀로 꽉 채워진 무거운 베개를 박훈의 얼굴을 향해 던졌다. 그런데도 좀처럼 화가 풀리지 않아 보이는 대로 물건을 집어 던졌다.

"뭐, 혈액형? 너는 이제 참수형이야."

박훈은 꼼짝없이 몸으로 두들겨 맞으며 변명했다.

"아니, 내가 바람피웠어? 그깟 혈액형 물어본 걸로 왜 그래?"

"그깟 혈액형? 아주 피라면 환장해가지고."

복분의 등 뒤로 칠봉이 들고 온 빈 택배 상자가 쌓여 있었다. 이번에 손에 든 것은 10킬로그램짜리 덤벨이었다. 놀란 토끼 눈이 된 박훈은 얼른 꼬꼬를 껴안아 방패로 삼았다. 복분은 덤벨을 높이 치켜들었다.

"꼬꼬 안 내려놔? 뒈질라고."

"그 덤벨부터 내려놓고 말해."

"예쁘장하게 생긴 인간 피는 더 맛있을 것 같았어? 남동생한테는 눈길도 안 주고 여자애만 쳐다본 거 내가 다 봤어."

"맹세코 피만 땡겼어. 난 일편단심 부인뿐이라고!"

"진짜?"

박훈의 억울하다는 눈빛에 복분의 감정이 조금 눙쳐진 듯 목소리가 한결 부드러워졌다.

"아, 진짜, 심장을 꺼내 보여줄 수도 없고. 꼬꼬 걸고 맹세해. 그리고 내가 여자 얼굴 봤으면 누이랑 혼인을 했겠어?"

복분이 아랫입술을 지그시 깨물었다. 덤벨을 잡은 손이 부들부들 떨렸다. 잠시 후 복분의 집 마당에 박훈의 단말마 비명이 길게 이어졌다.

*

황 대감의 사랑채에 칠봉 부자와 개똥 내외가 모여 있었다.

"불길해요. 아까 박훈 도련님 봤죠? 호시탐탐 인간 피를 노린단 말입니다. 그러다가 선 넘으면 파국입니다, 파국!"

칠봉의 목소리가 격앙되었다. 개똥아비는 생각을 짜내듯 눈을 천장으로 치켜뜨며 말했다.

"보윤 도련님도 그 처자를 보는 눈빛이 영……."

칠봉은 입가를 일그러뜨리며 숨을 깊이 내쉬었다.

"담피라도 낳았다가는 다 죽어요."

"손도 안 잡고 애 낳는 소리 하고 있네."

사내들의 말을 듣다 못한 개똥어미가 구시렁거렸다. 칠봉아비는 미간을 찌푸리고 검은 수염을 배배 꼬며 말했다.

"집까지 내췄는데 그냥 나가라고 하면 이상하게 생각할 거야."

개똥아비가 송곳니를 씩 드러내며 코웃음을 쳤다.

"그럼 뭐, 우린 흡혈귀다 하고 겁줘? 신문에 날 일이지."

"괜히 억지로 쫓아냈다가 탈이라도 나면 조선이 시끄러워질 게 뻔해요."

황 대감은 눈을 지그시 감은 채 하인들이 하는 말을 가만히 듣고 있었다. 모두 일리 있는 말이었다. 하지만 방도가 딱히 떠오르지 않았다. 마을 어른으로서, 양반으로서 참으로 무기력하고 한심하기 짝이 없었다.

갑자기 칠봉아비가 손으로 허벅지를 탁 내리쳤다.

"스스로 나가게 만듭시다."

그 말에 솔깃해진 황 대감이 칠봉아비를 향해 몸을 돌렸다.

"방책이 있는가?"

모두의 시선이 칠봉아비에게 모여들었다. 칠봉아비가 비장한 표정으로 말했다.

"요즘 애들이 절대 못하는 게 있죠. 개고생."

*

동쪽 숲, 희주는 작은 캠핑용 삽으로 검게 그을린 나무 밑을 열심히 팠다. 숨소리가 점점 거칠어지고, 코끝에 매달린 굵은 땀 방울이 뚝뚝 떨어졌다. 숲 전체가 벼락 맞은 고목 꼴이었다. 진짜 벼락 맞은 고목을 찾지 못한다면, 숲 전체를 파면 될 터였다. 희주는 그만큼 절박하고 간절했다. 하지만 작은 캠핑용 삽으로 땅을 파헤치는 데에는 한계가 있었다. 희주는 더 이상은 못해먹겠다는 듯 삽을 바닥에 팽개치고 털썩 주저앉았다.

"아, 몰라. 뭔 놈의 땅이 죄다 돌이야."

캠핑용 삽이 부러지기 전에 손목이 먼저 부러질 것 같았다. 팔목을 주무르던 희주의 시야에 반짝이는 물체가 들어왔다. 희주는 자리에서 벌떡 일어나 팽개친 삽을 들고 다시 땅을 파냈다. 생각보다 쉽게 보물을 찾은 것 같아 흥분되었다. 희주는 반짝이는 것을 집어 흙을 털어냈다. 하지만 곧 못마땅한 듯 끙 소리를 냈다.

"엽전이라니! 10원짜리도 아니고. 〈진품명품〉이라도 나가라는 거야?"

망연자실 엽전만 한참을 바라보던 희주의 머릿속에 번뜩이는 아이디어가 떠올랐다. 보물이라면 응당 금속일 확률이 높았다. 희주는 주머니에서 잽싸게 핸드폰을 꺼내 가장 저렴한 금속탐지기를 고른 뒤, 주문하기를 눌렀다. 배송지는 자귀도로 했다. 섬에 필요한 모든 물건은 학철이 배로 실어 나른다는 것을 익히 알고 있었다.

희주는 핸드폰을 주머니에 찔러 넣은 뒤 등을 땅에 대고 누웠다. 한여름이지만 섬 바람이 시원했다. 바다 향이 코를 가볍게 스쳤다. 비릿했지만 숲의 향기와 어우러져 싫지 않았다. 이런 곳에 집을 짓고 살면 얼마나 좋을까 하는 생각이 들었다. 마을의 빈집을 수리한 뒤 할머니를 모셔 와 같이 살아도 좋을 것 같았다. 분명 이렇게 공기 좋은 곳이라면 할머니의 병도 빨리 나을 것이었다. 화단에 어떤 꽃과 나무를 심을까 하는 상상을 이어갔다. 꿉꿉한 반지하에서 여름마다 맡아야 했던 빨래 쉰내는 정말 지긋지긋했다. 마당에 빨랫줄을 만들면 빨래도 햇볕에 보송보송하게 마를 것이었다.

희주는 오랜만에 걱정 대신 행복한 상상으로 시간을 보냈다. 나뭇가지 끝에 매달려 있던 햇빛이 희주의 눈썹 위로 내려앉았다. 희주는 손을 들어 햇빛을 막았다. 들어 올린 팔이 희주 머리 옆으로 그림자를 만들었다.

그림자 아래로 땅속에 파묻혀 있다가 드러난 뼛조각이 햇빛에 반짝이고 있음을 희주는 아직 눈치채지 못했다.

조선 시대에 별장이었던 황 대감의 집은 마을에서도 제일 크고 번듯했다. 방에는 오래된 조선의 가구와 장식품이 놓였고 윗목에는 화초도가 수놓인 병풍이 넓게 펼쳐져 있었다.

박쥐의 모습을 한 황 대감이 천장에 달아놓은 철봉에 거꾸로 매달려 있었다. 잠자는 시간이 아닌데도 황 대감은 수시로 박쥐로 변했다. 칠봉이 서둘러 인간 되는 약을 만들어야 하는 큰 이유 중 하나였다. 칠봉아비는 그 앞에 서서 두 손을 공손히 모았다.

"뭘 찾는 거 같은데, 태풍에 묘지가 여러 번 쓸렸잖습니까. 뼛조각이 어디서 발견될지도 모르고, 행여 그걸 보고 신고를 하지 않을까 걱정이 됩니다요."

황 대감은 칠봉아비의 말을 알아들은 듯 눈을 끔뻑거렸다. 하지만 사람 말이 나오지 않고 그저 박쥐처럼 찍찍거렸다. 칠봉아비는 입술을 지그시 깨물었다.

"이 풍신이 점점 길어지니 초조합니다요. 이제는 인간 말도 못하시니 참말로 큰일이네요. 빨리 약이 완성돼야 할 것인데."

칠봉아비와 개똥아비는 희주와 이루 남매가 머무는 빈집을 찾았다. 개똥아비가 헛기침을 하며 목청을 가다듬었다.

"이리 오너라."

단전에서 끌어 올린 걸걸한 개똥아비의 목소리가 대문을 흔들었다.

"오랜만이라 어색하구면."

개똥아비는 머쓱한 표정을 지어 보였다.

"오셨어요? 들어오세요."

희주가 대문을 열고 나와 그들을 맞이하자, 두 사내는 남몰래 눈빛을 주고받은 뒤 희주를 따라 안으로 들어갔다.

"모기는 안 물리고 잘 잤나 모르겠네. 선풍기도 없어서 더웠……."

개똥아비의 쓸데없는 오지랖을 탓하듯 칠봉아비가 흘겨보자, 그가 입을 꾹 다물었다. 칠봉아비가 희주에게 도끼를 척 안겼다.

"뭘 해 먹으려면 장작을 패야지?"

희주는 얼결에 도끼를 받아 들고 물었다.

"장작요?"

"나무는 뒤꼍에 쌓였으니까 남기지 말고 다 패놔요."

"전부 다요?"

"섬에 머물려면 뭐라도 손을 보태야지. 우린 공동으로 일하고 공동으로 먹으니까."

생각해보니 맞는 말이었다. 희주는 그나마 몸으로 때울 수 있어 다행이라 생각하고, 기꺼이 일손을 보태겠다고 대답했다.

"장작 다 패면 밥 가지러 와요."

두 사내가 헛기침을 내뱉으며 대문 밖으로 나갔다. 희주는 뒤꼍에 쌓여 있는 장작을 쳐다보았다. 장작은 처마 높이까지 쌓여 있었다. 며칠을 꼬박 장작만 팬다고 해도 다 못할 만큼 많은 양이었다. 희주는 하루치 음식만 챙겨 온 자신의 부주의를 탓했다.

*

이루는 해안가에 있는 바위 위에 올라서서 핸드폰으로 자귀도 풍경을 촬영했다. 유튜브에 올릴 영상을 찍기 위해서였다. 장비라고는 핸드폰과 오래된 노트북이 전부였지만, 지금 자신의 형편을 생각하면 이마저도 감사했다. 개똥이는 바위 밑에 착 달라붙어 이루를 올려다보고 있었다. 개똥이의 눈에는 TV에서 보던 연예인보다 이루가 훨씬 더 근사했다.

개똥이는 열세 살이 되던 해에 흡혈귀가 되었다. 얼굴에는 주근깨가 가득하고 이마는 툭 불거졌으며 커다란 눈은 돌출되었다. 지금 시대에야 개성 있는 얼굴이라고 하겠지만, 조선 시대에는 박색이라고 놀림을 당했었다.

박색도 박색이지만, 특히 아비를 닮아 눈치가 없고 뇌와 입 사이에 차단막이 없어 생각나는 대로 말을 내뱉는 것이 문제였다. 제 딴엔 솔직한 말이었지만 개똥이가 한 말에 상처받고 토라진 이가 부지기수였다. 이유를 알지 못하니 개똥이는 사과조차 하지 않았다. 그러다 보니 또래들 사이에서 점점 외톨이가 되어 어른들 틈에 껴서 놀아야 했다.

특히 흡혈귀의 난이 일어난 이후로는 또래 아이들마저 모두 사라졌다. 그런 개똥이의 무료함과 외로움을 달래줄 수 있는 것은 황 대감 집에 있는 TV였다. 황 대감의 눈치를 살피느라 자주 볼 수는 없었지만, 개똥이는 온종일 TV 주위를 맴돌았다. 가끔 저녁을 먹고 난 후에 섬사람들은 황 대감댁 사랑채에 모여 TV를 봤다. 섬사람들의 호불호가 갈리지 않는 것은 단연 사극이었다. 지나간 시절에 대한 향수도 불러일으켰고, 저건 잘못된 설정이라며 고증학자라도 되는 것처럼 매의 눈으로 지켜보는 재미도 쏠쏠했다. 간혹 조선의 왕이 죽는 장면이라도 나오면 실제 상황이라도 되는 듯 모두가 엎드려 통곡했다.

개똥이는 어른들 몰래 TV를 보며 바뀐 세상을 경험하고 배워 나갔다. 처음부터 TV 속 사람들이 멋있게 느껴진 것은 아니었다. 하지만 오래 보다 보니 익숙해졌고 요샛말도 쉽게 따라 하게 되었다.

개똥이는 노래를 좋아했다. 개똥이가 처음 좋아하게 된 가수는 현인이었다. 그가 부른 〈신라의 달밤〉을 들으면 섬 밖의 사람들이나 자귀도의 흡혈귀나 같은 시대의 사람처럼 느껴졌다. 이후 이용을 거쳐 핑클 등 많은 가수를 좋아하게 되었고 최근에는 아이유를 제일 좋아했다. 그래서 이루가 이름을 물었을 때 아이유가 제일 먼저 떠올랐다.

근래 들어서는 보윤의 작업실에서 인터넷도 배우게 되었다. 유튜브를 보면서 자기도 영상을 만들면 얼마나 좋을까 하는 생각을 해봤지만 자신과는 너무 먼 세상이었다. 이루가 영상을 촬영하는 모습은 개똥이에겐 마술쇼를 보는 것 같았다. TV에서만 보던 잘생긴 연예인이 바로 눈앞에 있는 것처럼 설렜다.

"요즘은 청학동 사람들도 청바지 입는데, 여기 분들은 상투 틀고 한복을 입더라고요. 자, 여기 주민. 인증."

이루는 카메라 방향을 개똥이에게 돌렸다. 개똥이는 벌떡 일어나 손을 흔들며 어색하게 웃었다.

"보셨죠? 한복에 댕기 머리 어린이. 여행 정보 생생생, 자귀도 편 좋아요, 구독 꾸욱. 약속."

이루는 카메라를 향해 손을 흔들고 종료 버튼을 누르더니 가식적인 미소를 바로 거뒀다. 개똥이가 바짝 다가왔다.

"나 TV 나오는 거야?"

"그건 아니고, 유튜브에 채널 있거든."

"멋지다. 그런데, 이런 거 누가 봐? 너무 재미없는데?"

개똥이가 해맑게 말하자 이루는 입을 꽉 다물었다. 사실 개똥이의 말은 틀리지 않았다. 먹방이 대세지만 이루의 위는 많은 음식을 소화하지 못했고, 무엇보다 많은 음식을 구할 수 없어서 실패했다. 게임 방송을 하려 했으나 게임을 할 집과 피시방 이용료가 없었다. 아이가 없으니 육아 방송도 안 되었고, 애견 방송은 더더욱 불가능했다.

이루는 유튜브 아이템을 고민하며 새삼 자신이 할 줄 아는 것이 아무것도 없음을 깨달았다. 그나마 일상을 촬영해서 올리면 친구들이 의리로 '좋아요'를 눌러줬다. 처음부터 성공하는 사람이 어디 있냐며 일단 해보자란 심산으로 틈나는 대로 촬영을 하고 영상을 올렸다. 꾸준히 하다 보면 좋은 아이템도 생기고 구독자도 늘어날 거라는 희망으로 멈추지 않았다.

유튜브로 돈을 벌어 빚을 갚을 거라고 누나에게 큰소리를 쳤는데 개똥이가 허를 찔렀다. 개똥이는 눈치 없는 아이지만 악의는 없으니 성을 낼 수 없었다. 무엇보다 순수한 눈망울을 보면 화가 나도 금방 풀어졌다.

*

보윤은 모니터를 가득 채운 웹툰 댓글을 하나씩 살펴보고 있었다. 옆에 서 있던 칠봉이 악플을 읽더니 욱하는 마음에 주먹을 꽉 움켜쥐었다.

"저런 저런 쌍것들. 어느 안전이라고 욕을 씨부리고 있어."

"됐다. 천에 한 명 정도가 뭔 대수라고 그러느냐."

"천에 한 명이라뇨. 세 놈 걸러 욕인데."

민망한지 보윤은 헛기침을 하며 웹툰 창을 닫았다.

"도련님이 외로움 거두려고 그런 것인데, 욕이나 처드시니 열불이 나요. 복분 누나가 양반 집안은 아니지만 섬에 남은 유일한 처녀였는데 장가나 드시지."

"내 취향 아니다."

"훈이 도련님이 우리 도련님보다 뭐가 더 좋다고 130년을 튕

기다가 시집가고 말이야."

"내 취향 아니었대도."

보윤의 일그러진 표정은 안중에도 없던 칠봉이 별안간 무릎을 탁 쳤다.

"아하, 훈이 도련님이 열여덟이니까……. 그치, 어린 게 최고지."

내내 참고 있던 보윤이 끝내 발끈해서 책상을 손바닥으로 탁 내리쳤다.

"아이쿠, 벌레가 있었네."

칠봉은 흠칫 놀라 손으로 입을 틀어막았다.

"총각 흡혈 박쥐로 살지언정 아무하고나 혼인할 생각 없네. 내 웹툰 보고 푹 빠진 처자가 얼마나 많은데. 또 얼굴까지 알아봐라, 연예인이 대수겠느냐."

"네네. 아무렴요."

칠봉은 건성으로 대답했다. 조선 시대였다면 곤장을 치고 목숨을 앗아도 할 말이 없는 불손한 태도였다. 하지만 같은 처지로 오랜 세월을 함께 지내다 보니 보이지 않는 벽은 서서히 허물어져 갔다.

"네가 하루속히 인간 되는 약을 만들어야 내가 출사할 수 있을 터, 그래서 그 처자는 지금 뭐 하고 있다냐?"

보윤은 자연스럽게 화제를 돌렸다. 칠봉은 처음엔 무슨 말인지 못 알아듣다가 이내 희주 남매라는 것을 알아챘다.

"아, 걔들요? 피똥 싸고 있겠죠."

보윤은 영문을 몰라 칠봉을 빤히 쳐다봤다.

*

갓을 쓰고 고운 빛깔의 도포를 입은 보윤은 손에 보자기를 들고 희주 남매가 머무는 집 대문 앞에 섰다. 보윤은 옷매무새를 점검하고 목청을 가다듬었다.

"이리 오너라."

보윤은 자신의 목소리가 마음에 들어 설핏 미소를 지었다. 잠시 기다리자 희주가 어깨에 도끼를 걸친 채 대문을 반쯤 열었다. 그녀의 모습을 본 보윤은 잠시 넋을 놓고 바라보았다. 강인해 보이는 이 여자한테 자꾸 끌렸다. 학문과 무예만 정진하여 여자를 몰랐다. 관심을 두지도 않았기에 자신이 끌리는 이성이 어떤 여성인지 몰랐다. 희주를 보고 처음 알게 되었다. 보윤의 이상형은 귀여운 여성도 아름다운 여성도 아닌 그냥 희주였다.

"들어가도 되겠소?"

보윤은 대문을 넘으려 땅에서 발을 떼었다.

"아뇨."

희주가 장난스레 거절하자 중심을 잃은 보윤은 급하게 발을 거두었다. 보윤은 손에 든 음식 보자기를 높이 흔들어 보였다.

"시장할 터인데?"

희주가 반색하며 대문을 활짝 열었다.

"어서 들어오시라고요."

희주의 미소에 다시 한번 보윤의 가슴이 쿵쾅거렸다.

보윤은 음식 보자기를 마루에 내려놓고 마당에 쌓인 장작더미를 바라보았다. 문득 자신의 남성미를 자랑하고 싶었다. 보윤은 헛기침을 하며 저고리 소매를 접어 올리고 장작더미로 다가갔다.

"장작 패본 적 있소?"

"남자는 많이 패봤죠."

보윤은 움찔했다. 바닷가에서 중심부를 맞았던 기억이 강렬하게 스친 탓이다.

"보통은 이걸 힘들게 패는데, 손목 스냅으로 하면 쉽소."

보윤은 한 손으로 도끼를 쥐고 세워놓은 장작을 향해 내려쳤다. 자치기처럼 장작이 마당 한가운데로 튀어 올랐다. 희주가 날아가는 장작을 재빠르게 손으로 탁 잡아냈다. 보윤은 희주의 순발력에 잠시 얼이 빠졌다가 머리를 흔들고는 양손으로 도낏자루를 잡고 다시 장작을 힘껏 내려찍었다. 이번에는 도끼가 장작에 단단히 끼었다. 보윤은 두 발로 나무를 누르고 낑낑대며 도끼를 빼냈다. 체면이 구겨진 보윤은 저고리 소매를 팔뚝 위쪽까지 밀어 올렸다. 그루터기에 발을 올리고 다시 도끼를 내려쳤으나 이번에는 발등을 내려찍을 뻔했다. 등 뒤로 식은땀이 흘렀다. 희주의 입술이 씰룩이고 콧방귀가 새어 나왔다. 보윤은 난처한 표정으로 땀을 닦으며 애꿎은 장작을 도끼로 툭툭 건드렸다.

"나무가 안 말라서 그렇소."

"뽀송뽀송하던데요."

희주가 바로 받아쳤다.

"도끼날이……."

"좀 전에 숫돌에 갈았고."

보윤은 민망한 듯 소매를 내리고 옷깃을 툭툭 털었다.

"사실 도끼질은 내 전공이 아니오. 나는 머리 쓰는 일만 했소."

희주가 보윤의 손에서 도끼를 뺏어 들었다. 그러더니 아주 능숙하고 안정적인 자세로 도끼를 내려쳐 장작을 두 동강 냈다. 보윤은 그 모습에 홀려 손뼉을 쳤다.

"역시, 특별한 인간인 줄 내 익히 알아봤소."

이때, 촬영을 마친 개똥이와 이루가 대문으로 들어왔다. 개똥이는 도끼를 든 희주를 보고 고개를 갸웃하며 물었다.

"뭐 하세요?"

희주가 도끼를 내려놓고 흐트러진 머리카락을 다시 묶으며 말했다.

"'일하지 않은 자, 먹지 마라'를 실천 중이야. 나 적성 찾았어."

"뭔 소리야?"

이루가 어리둥절한 표정으로 묻자, 희주가 도끼를 높이 치켜들며 말했다.

"밥하려면 장작을 패야지."

"밥하려면 가스 불을 켜야죠."

개똥이의 말에 희주가 도끼를 내리고 눈을 동그랗게 떴다.

"가스레인지가 있다고?"

"당연하죠. 전기 들어오고 인터넷이 되는데."

희주는 어이가 없었다. 그 간단한 이치를 왜 생각하지 못했는지 스스로도 바보 같았다. 희주는 말없이 고개를 돌려 보윤을 노려보고 도끼를 치켜들었다. 보윤은 한기가 잔뜩 서린 희주의 시선을 외면하며 마당을 가로질러 대문으로 걸어갔다.

"아…… 좋은 에피소드가 생각났네. 나는 이만."

희주는 허둥대는 보윤을 보고 마지못해 피식 웃었다.

*

장작 패는 일을 시작으로 희주의 노동은 끝이 없었다. 칠봉아비는 꼭두새벽에 희주를 닭 방사장으로 불렀다. 희주는 잠을 깨려 눈을 껌벅였다. 칠봉아비가 하품하는 희주에게 면장갑을 건넸다.

"오늘 아침 식사는 백숙이니까 열한 마리만 잡아요. 1인 1닭이니까."

희주는 미간을 찌푸렸다.

"다른 일하면 안 될까요?"

"아, 칠봉이가 그러던데, 조류 공포증이 있다고?"

"네."

희주는 희망을 품고 말간 표정으로 칠봉아비를 바라봤다.

"아이고. 그럼 안 되지. 무서운 병인데 얼른 뭍으로 가야겠네."

희주가 바로 태도를 바꿨다.

"병아리라 생각하겠습니다."

희주는 면장갑을 양손에 끼고 단단히 각오한 눈빛으로 방사장 닭들을 향해 나아갔다. 닭들은 홍해 갈라지듯 희주를 피해 달아났다. 희주는 질겁하면서도 닭을 몰았다. 하지만 뱅뱅 도는 모양새가 닭에게 쫓기는 듯했다. 바닥에 곤두박질하고 몇 시간을 쫓아다녀도 닭은 쉽게 잡히지 않았다. 이를 멀리서 지켜보던 보윤은 그녀 몰래 닭을 잡아 나무에 묶어놓았다.

이번에는 칠봉아비가 희주를 축사로 데려갔다. 소똥 냄새에 코를 틀어막은 희주 손에 삽을 건넸다. 희주는 튼튼한 삽을 들고 이걸 빌려서 보물을 찾아 땅을 파면 되겠다고 생각했다. 하지만 그것도 잠시, 악취 때문에 정신을 차릴 수가 없었다. 절대로 익숙해질 것 같지 않은 끔찍한 냄새였다. 희주가 미간을 잔뜩 찌푸리자 칠봉아비가 곁눈질하며 말했다.

"힘들면 집으로 돌아가고."

"후각 잃은 지 오랩니다."

희주는 미간을 활짝 펴고 불끈 주먹을 쥐었다. 칠봉아비는 무슨 여자애가 이렇게 끈질긴지 모르겠다며 혀를 내둘렀다.

삽으로 소똥을 퍼 나르는 것은 생각보다 힘들었다. 냄새도 냄새지만 질퍽한 소똥과 씨름하다가 발라당 넘어지기 일쑤였다. 개똥밭에 굴러도 이승이 낫다는 말은 순전히 뻥이었다. 희주는 당장이라도 짐을 싸서 이 지긋지긋한 섬을 떠나고 싶었다. 하지만 아픈 할머니가 머릿속에 아른거렸다.

"금속탐지기만 오면 이놈의 섬, 뒤도 안 보고 뜬다."

보윤은 그저 멀리서 희주의 모습을 안쓰럽게 지켜보았다. 더는 안 되겠다 싶어 나서려는데, 등 뒤에서 황 대감이 붙잡았다. 보윤은 원망을 섞어 항의하듯 말했다.

"너무 가혹하지 않습니까?"

"그럼 떠나겠지."

황 대감은 단호했다.

"오갈 데가 없나 보죠. 저 고된 일을 하면서도 못 갈 때는……."

"그러다 누구한테 물리기라도 하면."

보윤은 간과했다. 아무리 오랜 세월 꾹 참아냈어도 섬사람들은 어쩔 수 없는 흡혈귀였다.

"지난번 화재는 번갯불이 아니었다."

황 대감의 말에 보윤의 머릿속으로 불길한 기운이 악취처럼 퍼졌다.

"번갯불은 실험실 근처에 떨어진 것이 아니었다. 누가 부러 불을 지른 게 분명해."

보윤은 놀란 듯 아버지를 정면으로 응시했다.

"누가 부러 불을 질렀다면, 설마 인간이 되기 싫은 누군가가 있다는 건가요?"

"너도 그리 생각되느냐. 칠봉이는 처음부터 이 실험을 주도했으니 아닐 테고. 박훈이 인간 피를 제일 탐한다 싶어 의심했지만, 그 시각에 집 안에서 나오는 것을 칠봉이가 목격했다. 그리고 그 부부는 인간이 돼서 아기를 갖는 게 소원이니 아닐 것이다."

보윤이 황 대감의 말을 이었다.

"개똥네는 인간의 피 맛조차 모르니 그들도 아닐 테죠. 그럼 칠봉아비인가요?"

"칠봉아비는 나랑 있었다."

황 대감은 짚이는 이가 딱히 없어 가슴이 답답했다. 식구와 다름없는 섬사람을 의심하는 것은 참으로 괴로운 일이었다.

"흡혈귀로 남고 싶은 자가 있다면 무슨 일이 일어날지 모른다. 게다가 네가 이리 나선다면 모두 불안할 게다. 금 도령 때처럼."

귀신의 발자국

희주는 소똥을 다 치우고 나서 다시 동쪽 숲으로 향했다. 장작을 패고 숯불을 피우는 일이 아무리 힘들어도 이 일만큼은 소홀히 할 수 없었다. 허리가 끊어질 것 같았다.

"이루 녀석은 돕지도 않고. 나만 급하지, 나만."

희주는 씩씩대며 땅을 파고 또 팠다. 하지만 비녀처럼 생긴 쇠붙이나 쓸모없는 엽전만 나왔다. 동전도 아니고 엽전이라니.

"설마 엽전을 보물이라고 하진 않았겠지?"

희주는 엽전을 주머니에 찔러 넣고 다시 삽질을 시작했다.

밤이 깊어 집으로 돌아온 희주는 결국 쌍코피를 보고 말았다. 희주는 마루에 걸터앉아 양쪽 콧구멍을 화장지로 틀어막은 채 어깨를 두드렸다.

"안 되겠어. 밥값 하느라 보물 찾을 시간이 턱없이 부족해. 다른 일을 해서 시간을 벌어야겠어."

희주는 코를 막은 화장지를 뽑아 휴지통으로 사용하던 항아리
에 던져 넣고 자리에서 일어났다.

담장 너머로 희주를 몰래 지켜보던 칠봉아비와 개똥아비가 혀
를 끌끌 찼다.

"불면 날아가게 생겼구먼. 황소 찜 쪄먹을 아가씨네."

칠봉아비는 의외의 강적을 만난 게 못마땅했다.

"그래도 아가씨 덕에 올해 장작 다 팼어. 요새 관절염 때문에
힘들었는데."

개똥아비의 말에 칠봉아비가 퉁명스럽게 받아쳤다.

"흡혈귀가 뭔 관절염? 엄살은. 아무래도 방법을 바꿔야겠어. 근
력 좋다고 담력까지 좋은 건 아니니까."

"담력? 겁을 주잔 말이야?"

"이번엔 개똥어미가 나서줘야겠구먼."

한밤중에 개똥어미와 꼬꼬를 안은 복분이 희주 집 대문을 두
드렸다. 문을 연 희주는 그들을 보고 의아한 표정을 지었다.

"이 밤에 무슨 일이세요?"

희주는 흔쾌히 들어오라고 말하며 한 걸음 뒤로 물러섰다. 복
분은 곰살궂게 희주의 어깨를 토닥였다.

"일하느라 고생이 많죠? 어르신들이 정말 너무했어."

희주는 복분이 자신의 처지를 이해해주는 것 같아 고마웠다.

"애완닭인가요? 귀엽다. 이름이 뭐예요?"

조류 공포증이 있는 희주는 꼬꼬를 보고 겁을 먹고 뒤로 물러섰다. 하지만 섬사람들의 환심을 사기 위해 꼬꼬에게 관심을 보이는 척했다.

"꼬꼬예요. 잘생겼죠?"

복분은 환하게 웃으며 꼬꼬를 쓰다듬었다.

"그러네요. 엄마 닮아서 알 잘 낳게 생겼네요."

"수컷이에요."

복분은 정색하며 꼬꼬의 볏을 촤라락 쓸어내렸다.

"아, 그쵸. 볏은 수탉만 있으니까."

희주가 멋쩍게 웃어 보였다.

"그런데 무슨 일로 오셨어요?"

개똥어미가 심각한 표정으로 희주와 마주 섰다.

"중한 얘기가 있어서 왔지."

*

새벽달이 기울도록 희주는 잠을 이루지 못했다. 매일 피곤함에 짓눌려 이불에 몸을 누이기만 하면 곯아떨어지곤 했다. 하지만 개똥어미의 이야기를 들은 후부터는 잠이 쏟아져도 눈을 감을 수가 없었다.

그때 창문으로 뭔가가 획 지나갔다. 그림자는 소리조차 없었다. 오감이 곤두선 희주는 섬뜩한 느낌이 들어 어둠 속을 응시하며 눈을 희번덕거렸다. 떠올리고 싶지 않아도 개똥어미의 이야기가 자꾸만 머릿속을 맴돌았다.

"이 섬에 귀신이 있어."

"21세기에 아직도 귀신을 믿어요?"

희주가 싱거운 이야기를 들은 듯한 반응을 보이자, 개똥어미는 목소리를 낮추고 주위를 경계하며 은밀하게 말했다.

"진짜라니까! 귀신이 돌아다니니까 우리가 잠을 못 자는 거라고."

"경찰에 신고하면 되지 않을까요? 누가 장난치나 본데."

"경찰이고 무당이고 다 소용없었어요. 특히 새로 온 사람이라면 더 환장하지."

"하하하. 걱정 마세요. 저 쿠리수천이에요."

희주는 혀를 한껏 굴리며 말하고는 실없이 웃었다. 하지만 등 뒤로 감춘 두 손을 연신 비벼대며 두려운 기색을 감추려고 애썼다. 개똥어미는 희주의 안색을 살피며 덧붙였다.

"이런 얘긴 하면 안 되는데, 사실 귀신 보고 놀라서 죽어 나간 사람이……."

희주는 개똥어미 앞에서는 호방한 척했지만 한번 파고든 공포심을 떨칠 수가 없었다. 바람에 방문이 흔들리자 희주는 얼른 이불을 머리끝까지 덮어썼다. 그러고는 파르르 떨며 주문을 외우듯 나직이 중얼거렸다.

"하늘에 계신 우리 아버지여 이름이 거룩히 여김을 받으시오며⋯⋯."

그것으로도 부족해 희주는 조용히 찬송가를 부르기 시작했다.

"마귀들아 싸울지라 죄악 벗은 형제여⋯⋯."

소복을 입고 긴 머리를 풀어 헤친 사람이 흐느끼는 소리를 내며 희주의 방문 앞을 휘릭 지나갔다. 찬송가를 부르는 희주의 목소리가 점점 커져 방문 틈으로 새어 나왔다. 소복을 입은 이는 박훈이었다. 박훈은 만족스러운 표정을 지으며 조용히 대문을 빠져나갔다.

대문 밖에는 개똥아비가 쭈그려 앉아 있었다. 박훈이 상투를 풀어 길게 늘어뜨린 머리카락을 쓸어 올리며 속삭였다.

"이 정도면 되겠지?"

"고생했어요. 확실히 젊은 흡혈귀라 펄펄 잘 뛰네요."

개똥아비가 박훈에게 망건을 건네며 말했다.

"염불인지 뭔지 여기까지 들리는데 겁먹은 게 확실해요."

"귀신 안 믿는다더니, 며칠만 더 하면 송장 치르겠는데?"

"그러기 전에 나가겠죠. 두고 보자고요."

*

희주는 밤새 찬송가를 부르다가 잠을 설쳤다. 아침을 먹기 위해 황 대감 댁에 가서도 퀭한 눈이 자꾸 감겼다. 부엌에서 아침밥을 짓던 복분과 개똥어미가 희주를 힐끔 살피더니 만족스러운 눈빛을 주고받았다. 어젯밤 일이 헛된 수고는 아니었다.

음식은 황 대감 댁 부엌에서 만들었다. 대가족을 먹이기에 제일 큰 공간이기도 했으나 음식이 식기 전에 황 대감에게 내가려는 이유가 제일 컸다. 개똥어미가 가마솥에 끓고 있는 김칫국을 국자로 퍼서 희주에게 내밀었다. 희주는 눈을 비비고 간을 봤다. 예상대로 맛이 밍밍해 혀를 날름거렸다. 희주는 주머니에서 '라면 수프'라고 써진 양념통을 꺼냈다.

"뭐예요, 그게?"

가스 불에 전을 부치던 복분이 물었다.

"마법 가룬데요, 이거 넣으면 백 년 전통 맛집 맛이 납니다."

희주는 라면 수프를 가마솥에 적당량 넣고 국자로 휘휘 저은 뒤 맛을 봤다. 희주는 입술까지 핥으며 이제야 됐다는 만족스러운 표정을 지었다. 그러고는 한 국자 떠서 맛을 궁금해하는 복분의 입에 넣어줬다. 동공이 커진 복분은 희주를 쳐다봤다.

"세상에나! 이런 맛이."

호기심에 찬 개똥어미도 국자를 빼앗아 간을 봤다.

"이건 저세상 맛이네."

개똥어미와 복분이 서로 눈빛을 주고받더니 국물을 재차 맛보며 흡족해했다. 개똥어미가 손뼉을 탁 치며 말했다.

"아가씨는 못 하는 게 없구먼."

"별거 아니에요. 라면 수프가 MSG 중 최고더라고요."

개똥어미가 두 손으로 희주의 손을 따뜻하게 감쌌다. 스물두 살 아가씨의 손이라고는 믿을 수 없을 만큼 거칠고 굳은살이 박여 있었다.

"얼굴이 고와 손도 고울 줄 알았더만, 뭔 고생을 이리했대. 많이 힘들었죠?"

개똥어미가 희주의 손을 어루만지며 토닥였다. 희주는 순간 울컥했다. 개똥어미의 위로가 희주의 마음을 온기로 채워주었다.

"밥 준비는 우리가 할 테니까 앉아서 좀 쉬어요. 그러다가 쓰러져."

"아니에요."

"앉아 있어요. 우리가 늘 하던 일인데, 뭐. 손 보탤 것도 없어요."

복분이 희주의 손을 끌고 부뚜막 옆에 앉혔다. 개똥어미가 한숨을 푹 쉬며 말했다.

"우리 남자들 너무 매정하다 생각 말아요. 다 사정이 있어서 그래, 사정이."

희주는 이때가 기회다 싶어 말을 꺼냈다.

"그래서 말인데, 개똥이는 누가 공부를 봐주나요? 요즘은 과외 안 하면 좋은 대학 가기 힘들어요."

"대학? 갸가 학교를 가긴 가야 할 텐데……."

개똥어미는 말끝을 흐렸다. 대학까지는 미처 생각하지 못했다. 배움은 양반들의 것이었다. 하지만 인간이 되어 바뀐 세상에 나갈 생각을 하면 개똥이의 장래가 걱정되었다. 개똥이가 좋은 남자와 혼인을 하고 자식을 여럿 낳아 키우면 제일이라고 생각했는데, 희주의 말에 귀가 번쩍 뜨였다. 노비도 배울 수 있고 출세할 수 있는 세상이 된 것이다. 개똥어미는 바뀐 세상을 빨리 보고 싶었다.

"집안일 돕는 대신에 제가 개똥이를 가르치면 안 될까요? 비록 성균관……."

"성균관 출신이에요?"

희주는 성균관고등학교를 나왔고, 대학은 못 갔지만 공부는 잘했다고 말하려 했다. 하지만 말을 채 끝맺기도 전에 개똥어미가 반색하며 말했다.

"와, 이제 보니 대단한 사람이 마을에 들어왔구먼. 대감마님도 성균관은 못 들어가셨지 아마?"

"네? 아니, 스카이가 아니라요."

희주가 손사래를 치며 정정하려는데 개똥어미는 무슨 말인지 전혀 모르겠다는 표정을 지으며 말을 끊었다.

"스카이? 그런 이상한 대학은 모르겠고 성균관이 최고지. 훈장 선생님, 우리 개똥이 잘 부탁드립니다."

개똥어미가 허리를 반으로 접어 희주에게 정중히 인사를 올렸다. 개똥어미는 그것으로도 부족한지 희주 손을 맞잡고 연거푸 머리를 조아렸다.

희주는 양심에 찔려 심장이 쿵쾅거렸지만 더 이상 말을 보태지 않았다. 초등학생 때 전교 1등을 했으니, 집안 사정만 좋았다면 스카이는 아니어도 인서울은 했을 거라고 스스로를 합리화했다.

*

온종일 보윤의 머릿속을 차지하는 이는 희주였다. 세숫물에 일렁이는 얼굴도 희주였고, 거울 속에서 미소 짓는 이도 희주였다. 언제부터 희주를 연모하는 마음이 생겼고, 왜 이리 가슴 뛰게 좋은지도 몰랐다. 오누이 같던 채옥을 닮아서일까 생각도 해봤지만 확신할 수 없었다. 웹툰 연재를 마친 터라 다행이었다. 연재 중이었다면 그림 한 컷 제대로 그리지 못했을 것이다. 이토록 끌리는 여인을 이제야 만나다니. 스스로도 놀랐다. 머지않아 섬을 떠날 사람이지만 당분간은 설레는 감정을 누리고 싶었다. 그래서 애써 외면하지 않았다.

보윤은 고생하고 있는 희주를 생각하며 자신이 해줄 수 있는 게 뭘까 고민했다. 안마라도 해주고 싶었으나 남녀가 유별한 세상에 익숙해져 있다 보니 감히 손을 댈 수 없었다. 순간 상상만으로도 볼이 발그레 달아올랐다. 값비싼 장신구를 선물하는 것은 과하게 느껴졌다. 고민 끝에 칠봉의 실험실에서 약초를 가져오기로 했다. 마을 일을 돕느라 힘들었던 그녀의 피로를 조금이라도 풀어주고 싶었다. 칠봉은 갑자기 실험실로 들이닥친 상전에게 약초를 어디에 쓸 것인지 물었다. 하지만 보윤은 그 어떤 것도 설명해주지 않았다.

보윤은 약초를 싼 하얀 한지를 희주 앞에 펼쳐 보이고는 별거
아닌 양 무심하게 말했다.
"여러모로 고생이 많소. 그래서 내 약초 좀 가져왔소."
희주는 약초를 들어 향을 맡았다. 무슨 약초인지 냄새가 향긋
해서 잎 끝을 살짝 베어 물었다. 코에 주름이 콱 박혔다. 약초에
서 단맛이 날 리 없었다.
"나 쓴 약 못 먹는데."
보윤은 당황해서 손을 들어 희주를 말렸다.
"그건 발 찜질용이오."
희주가 퉤, 하고 약초를 바로 뱉어냈다. 보윤은 미소를 짓더니
소매 안쪽에 넣어 온 면약통을 내밀었다.
"꿀로 만든 면약이오. 거친 살결을 모이스처라이즈하게 만드
오."
희주는 뚜껑을 열어 향기를 맡고는 손가락으로 살짝 찍어 손
등에 발랐다. 꿀이 들어서인지 색도 곱고 향긋했다. 항상 주변을
맴돌며 세심하게 신경 써주는 보윤이 조금씩 마음에 들어오는 것
같았다. 희주는 약초를 만지작거리며 시선을 땅에 두고 말했다.
"닭 잡아주신 거 고마웠어요."
보윤의 입가에 미소가 내려앉았다. 볼우물도 깊게 파였다. 하
지만 그것도 잠시, 희주의 얼굴을 보니 마음이 착잡해졌다. 일전

에 황 대감이 했던 말이 떠올랐기 때문이다. 보윤은 희주 남매가 부쩍 걱정되었다. 이를 알 리 없는 희주는 오늘따라 표정이 밝았다. 그럴수록 보윤의 마음은 더욱 복잡했다.

"많이 힘드오? 그냥 마을을 떠나는 게 어떻소?"

희주는 자신이 섬에 머무는 것을 바라는 이가 단 한 명 있다면 이 남자일 거란 막연한 믿음이 있었다. 그 믿음이 이 남자에 대한 호기심과 기대로 이어졌는데, 방금 보윤이 그 믿음을 조각냈다. 희주는 서운한 마음에 자신도 모르게 앙칼지게 말을 뱉었다.

"섬사람들이랑 한패예요? 저희를 못마땅하게 여기는 건 알겠는데, 당분간은 못 나가니까 그렇게 아세요."

보윤은 희주를 어찌 설득해야 할지 몰랐다. 칠봉의 실험실에 불을 지른 자가 흡혈귀로 남고 싶어서였다면 희주 남매가 위험할 수도 있었다. 보윤은 누구보다 그녀가 섬에 남기를 바랐지만 그녀의 안전이 우선이었다.

"내가 뭐 도울 일 없겠소?"

희주는 뾰로통한 얼굴로 보윤을 흘끗거렸다.

"택배 도착하려면 얼마나 걸려요?"

"학철이 보내주니 더러 오래 걸리기도 하나, 보통은 사나흘이면 도착하오."

"근데 제 택배는 왜 이렇게 오래 걸리죠?"

"택배를 시켰소?"

"네, 설마 제 이름으로 신청해서 반송된 건 아니겠죠?"

"내 알아보리다."

보윤은 힘없이 마루에서 일어났다. 아무것도 할 수 없다는 무기력함이 마음을 천근만근 무겁게 만들었다.

"조류 공포증이 있다고 들었소."

희주는 입술을 삐죽 내밀었다.

"아, 진짜, 개인적인 비밀을……."

보윤은 희주의 이죽거리는 표정조차 사랑스러웠다. 그녀가 없는 삶은 가혹할 것이라는 확신이 들었다. 보윤은 이성이 희주를 밀어내고 밀어내도 그녀에 대한 간절함만큼은 밀리지 않았으면 했다. 애잔한 마음이 이성을 정신없이 흔들어 댔다.

"그거 아시오?"

"……."

"날개가 달렸어도 박쥐는…… 포유류요."

"네?"

보윤은 희주가 이해할 수 없는 말을 던지고 빠르게 대문을 나섰다. 희주는 애수에 찬 보윤의 마지막 말을 계속 되뇌어봤다. 박쥐가 조류가 아니라 포유류라는 사실은 새로웠으나 뭔 뜬금없는 소린지. 하지만 세상 심각한 표정으로 떠난 보윤이 마음에 쓰였다. 에라 모르겠다. 희주는 생각을 털어내고는 마루에 대자로 드러누웠다.

그때 마루 끝에 뭔가가 눈에 띄었다. 그곳에 시선을 꽂은 희주가 서서히 몸을 일으켰다.

작업실로 돌아온 보윤은 학철에게 전화를 걸어 희주가 보낸 택배를 언제쯤 가져오는지 물었다.

학철은 후미진 곳에 위치한 건물 베란다에서 담배를 피우다가 보윤의 전화를 받았다. 학철은 언제나 그렇듯 공손한 자세로 통화를 했다. 신분제 없던 시절에 태어났으나 집안의 가풍을 자연스럽게 따르게 되었다. 학철은 빨리 가져가겠노라고 답하고 전화를 끊었다.

통화를 마친 학철의 얼굴에는 짜증이 덕지덕지 묻어났다. 이제 하다 하다 외지인 심부름까지 하게 생긴 것이다. 택배 배송기사는 배달료라도 받지 이건 영락없는 대대손손 머슴 팔자였다.

건물 안에서 한 남자가 학철을 부르는 소리가 들렸다.

"뭐 해? 패 안 돌려? 빨리 들어와."

오늘따라 화투 패도 잘 안 풀려 짜증이 더했다.

희주가 주문한 금속탐지기와 칠봉의 실험 용품을 실은 학철의 배가 선착장에 도착했다. 학철은 칠봉에게 박스를 건네며 주의를 줬다.

"살아 있는 것도 있고 독 있는 것도 있으니까 물리지 않게 조심하시고요. 이 박스는 보윤 도련님 가져다드려요. 그리고 소화기는 관상용이오? 불날 때 쓰라는 거지. 참나."

"난리 통에 생각이 안 나서. 수고했어. 울 손주 운전 조심하고."

학철에게 자귀도 사람들은 두려운 존재가 아닌 안쓰러운 존재들이었다. 기약 없는 세월을 이 좁은 섬에 갇혀 산다는 것이 무기징역수와 다름없다고 생각되었다. 그래서 인간이 되려는 이들을 위해 칠봉이 구해달라는 재료는 전국 팔도를 돌아 가져왔다.

이번에 또 실험이 실패한다면 섬사람들은 남은 세월을 또 어찌 버틸까. 점점 벌어지는 세상과 자귀도의 간극을 어떻게 적응해나갈까. 무엇보다 그때까지 세상으로부터 이 섬을 숨길 수 있을까. 학철은 많은 번민을 가지고 매번 바다를 넘었다.

*

해가 수평선 위로 고개를 내밀자 개똥어미가 희주네 대문을 조심스럽게 열고 들어왔다. 개똥어미는 이쯤 되면 밤사이 줄행랑을 쳤거나 벌써 보따리를 싸서 학철을 불렀을 거라 생각했다.

"저기…… 아가씨, 집에 있어? 잠은 잘 잤나 모르겠네."

개똥어미는 치마를 툭툭 털며 마루 위에 슬그머니 엉덩이를 내려놓았다. 그때 마루 밑 항아리에 있는 붉은 화장지가 눈에 들어왔다. 피가 묻어 있었다. 개똥어미는 주변의 기척을 살피며 화장지를 집어 들고 킁킁 냄새를 맡았다. 희주가 머무는 곳에 있었으니 인간의 피가 틀림없었다. 잠시 망설이다가 피 묻은 화장지를 주머니에 쑤셔 넣었다.

그때 희주가 방문을 벌컥 열었다. 개똥어미는 꺄악, 소리를 내며 까무러치게 놀랐다. 그 소리에 더 놀란 희주가 몸을 들썩였다.

"여기서 뭐 하세요?"

개똥어미는 괜스레 치마를 털며 말을 더듬었다.

"아…… 아니, 요즘 안색이 안 좋길래 걱정돼서 와봤지."

"어젠 푹 잤어요. 아주 푹. 그리고 부탁이 있는데요. 마을분들 다 불러줄 수 있으세요?"

"마을 사람들을 다?"

희주는 허리를 쭉 펴고 스트레칭을 하며 환하게 미소 지었다.

"네. 제가 귀신을 잡았거든요."

"귀…… 귀신을?"

없는 귀신을 어떻게 잡았다는 건지, 정말 귀신이 있었다는 건지 개똥어미는 아리송했다.

개똥어미는 희주의 요청대로 섬사람들을 불러 모았다. 개똥이와 이루는 보이지 않았다. 희주는 이 정도면 충분하다고 생각하고 댓돌 위에 올라서서 목소리를 가다듬었다.

"어젯밤에 제가 마루 군데군데에 립스틱을 발라놨어요."

섬사람들은 이해할 수 없다는 듯 서로를 쳐다봤다. 희주는 자신의 기발한 아이디어에 놀랄 섬사람들을 생각하니 피식 웃음이 나왔다. 일전에 보윤이 약초를 건네고 돌아갔을 때, 희주는 마루에 드러누워 있다가 방문 앞에 찍힌 신발 자국을 발견했다. 자신

의 신발을 들어 바닥을 살폈으나 그 모양이 달랐다. 폭이 좁고 무
늬가 단순한 게 딱 고무신이었다. 희주는 섬사람들이 신은 고무
신과 당혜를 눈여겨보았다. 자신의 예감이 맞았다. 희주는 다시
한번 목소리에 힘을 실었다.

"귀신이 마루를 걸어 다닐 수는 없죠. 귀신은 발이 없잖아요. 고
로 발자국을 남겼다면 인간이겠죠?"

"여기 인간이 어딨다고."

개똥아비가 빙글 웃으며 답하자 개똥어미는 얼른 개똥아비의
옆구리를 꾹 찔렀다. 개똥아비가 자신의 말이 틀렸냐며 억울한
표정을 지었다. 개똥어미는 한심하다는 듯 고개를 절레절레 흔들
었다.

"어찌 되었건, 귀신 발에는 제 립스틱이 묻어 있을 겁니다."

섬사람들 뒤에 서 있던 박훈의 동공이 촛불처럼 흔들렸다. 가
만히 발끝을 내려다보던 박훈이 누구도 눈치채지 못하도록 당혜
의 밑창을 바닥에 조심스레 비볐다. 그제야 안심이 됐는지 헛기
침을 한 뒤 말했다.

"난 또 뭔 소린가 했네. 요즘 세상에 귀신이라니 말도 안 되는
소리."

박훈은 동의를 구하듯 눈을 크게 치뜨고 복분을 쳐다봤다.

"그…… 그렇죠. 나는 꼬꼬 밥 주러 가야겠네요."

박훈 내외가 얼렁뚱땅 자리를 떴다. 황 대감도 거들었다.

"흠, 여긴 그런 거 없소."

희주는 섬사람들이 덫에 걸려든 게 웃음이 났지만 꾹 참았다. 귀신극이 실패로 돌아가자 개똥어미가 눈치를 보며 말했다.

"장난으로 한 말인데, 그걸…… 믿고. 아무튼 별일 없으면 됐죠. 다들 일하러 갑시다."

섬사람들은 헛기침을 하며 호다닥 밖으로 나갔다. 보윤만 남아 희주 앞으로 다가섰다.

"왜 거짓말을 한 거요? 마루에 립스틱 자국 같은 건 없던데."

"순진해선지 막 낚이네요. 그쪽 한패라고 한 거 미안해요."

"나도 한패요."

희주의 얼굴에 서운함이 맺혔다. 보윤은 흙담에 기대어놓았던 금속탐지기 상자를 희주에게 건넸다. 희주의 이름을 발견하고 택배를 반송하려던 학철에게 보윤이 전화를 걸어 가져오게 한 것이다.

"원하는 걸 빨리 찾아 떠나길 바라오."

보윤이 쓸쓸한 낯빛으로 돌아섰다. 희주는 금속탐지기 상자를 보고도 전혀 기쁘지 않았다.

"누가 여기 평생 눌러산다고 했나? 살라고 해도 안 산다. 닭 잡아주고, 약에 로션까지 다 줘놓고 이제 와서……."

희주는 보윤에 대한 마음을 잊기 위해서라도 서둘러 보물을 찾아 섬을 떠나야 한다고 생각했다. 희주는 그길로 나서서 금속탐지기를 천천히 움직이며 보물을 찾았다. 무슨 일이든 장비발이 중요하다고 했던가. 작업에 속도가 붙었다. 하지만 자꾸만 딴 생각을 하느라 같은 자리를 맴돌고 있다는 것을 알아차리지 못했다. 간혹 금속을 발견할 때 들리는 알림음도 반갑지 않았다. 희주는 기계처럼 익숙해진 동작으로 무심하게 움직이면서 구시렁 댔다.

뚜뚜뚜뚜, 금속의 크기가 클 때 울리는 빠른 알림음이 들렸다. 희주는 정신을 차리고 재빠르게 땅을 파헤쳤다. 하지만 놋숟가락이었다. 희주가 감정을 실어 놋숟가락을 멀리 내던졌다. 그 옆에 뭔가가 삐져나와 있어 파보니 이번엔 작은 뼈였다. 뼈를 보고 놀랄 법도 한데, 생각이 온통 보윤에게 닿아 있어 자기가 뼈를 잡았는지 돌을 잡았는지 의식하지 못했다. 희주는 결국 감정이 북받쳐 동작을 뚝 멈췄다.

"아, 분해. 내가 좋아해달라고 그랬나, 뭐! 어장관리야 밀당이야 뭐야?"

희주가 금속탐지기를 발치에 눕혀놓고 씩씩거렸다. 그런데 그 자리에서 알림음이 또다시 울렸다. 여러 번 허탕을 쳤지만, 마지막이란 마음으로 땅을 팠다. 삽 끝이 단단한 무언가에 닿았다. 이번엔 왠지 느낌이 달랐다. 계속 땅을 파내자 자물쇠가 달린 작은 나무 상자가 나왔다. 희주는 손으로 조심스럽게 흙을 털어냈다. 상자 겉면에 '金星白(금성백)'이라고 쓰인 것이 눈에 들어왔다.

"찾았다! 보물!"

집으로 돌아온 희주는 도끼로 상자의 자물쇠를 내리쳤다. 녹슨 자물쇠는 단박에 떨어져 나갔다. 희주는 기대에 찬 눈빛으로 조심스럽게 상자를 열었다. 상자 안을 본 희주는 두 다리에서 힘이 전부 빠져나가는 듯한 느낌이 들었다.

보물은 없었다. 현기증이 나서 당장 쓰러질 것 같았다. 상자 안에는 보물 대신 여러 권의 낡은 수첩이 들어 있었다. 희주는 손바닥으로 얼굴을 쓸어내렸다.

"설마, 지식이 보물이란 헛소린 아니겠지? 아닐 거야. 절대 아닐 거야."

희주는 애써 부정하며 수첩을 펼쳐 내용을 살펴보았다. 종이를 주르륵 넘겨보니 한자와 한글이 세로로 빼곡히 적혀 있었다.

조선의 밤.

누가 시작이었는지 모르게 가족을 몰라보고 정인을 잊는 피바람이 불었다.

눈이 시뻘건 박훈이 식솔들의 목을 물며 피를 빨고 있었다.

여기저기 바닥에 피를 쏟아낸 시체와 사람들의 칼과 낫에 찔리는 흡혈귀들.

달이 붉게 변하는 개기 월식이 되자 흡혈귀들이 박쥐로 변하고 피바람이 멈췄다.

붉은 달이 뜨면 우리는 박쥐로 변했다. 사람의 의식마저 없는 순간이다.

난파된 배에 떠내려 온 말년이는 자귀도에 남기로 했다.

말년과 정화수를 떠놓고 혼례를 올렸다.

배 속의 아이 이름을 보화라고 짓기로 했다.

금보화. 내겐 금은보화보다 더 소중한 아이다.

희주는 눈을 질끈 감고 수첩을 탁 덮었다. 소설이었다. 아니면 꿈을 적어놓은 일기라던가. 희주는 수첩 표지에 적힌 할아버지의 이름을 다시 확인했다.

"분명 할아버지가 쓴 건데. 아악, 미쳐버리겠네."

최소한 보물 지도라도 그려져 있길 바랐다. 하지만 희망의 끝은 절망이었다.

130년 전 흡혈귀의 난

이루는 바위에 앉아 시원한 바닷바람을 맞으며 핸드폰으로 자신의 유튜브 채널을 확인했다. 크게 기대하진 않았지만 여전히 구독자 수도 '좋아요' 수도 늘어나지 않아 실망했다. 선크림을 허옇게 바르고 챙이 넓은 모자를 꾹 눌러쓴 개똥이가 이루 옆으로 바짝 다가앉아 핸드폰을 들여다봤다.

"좋아요가 겨우 다섯? 거봐, 재미없댔지."

이루는 끙 앓는 소리를 냈다. 자신이 생각해도 창피한 조회수라서 딱히 할 말이 없었다.

"도와줄까? 대박 소재가 있는데."

이루는 솔깃해서 개똥이를 쳐다봤다. 개똥이는 진지한 표정으로 폭로하듯 말을 뱉었다.

"이 섬의 소름 끼치는 비밀!"

이루는 눈을 동그랗게 뜨고 개똥이의 다음 말을 기다렸다.

색동 한복으로 곱게 갈아입은 개똥이는 이루 앞에 서서 어색한 자세를 취했다. 바다를 배경으로 선 개똥이의 치맛자락과 댕기가 바람에 나풀거렸다. 아껴둔 댕기와 한복이었다. 나이를 먹지 않으니 옷이 작아지진 않았지만, 좀처럼 입을 일이 없어 오래 묵은 퀴퀴한 냄새가 났다.

이루는 핸드폰을 들고 촬영을 시작했다.

"네가 흡혈귀라고?"

개똥이는 입술을 벌려 손가락으로 송곳니를 가리켰다.

"보이지? 흡혈귀의 상징 송곳니."

"덧니는 나도 있는데?"

"길이가 다르잖아. 길이가. 나 이쁘게 나오고 있지?"

개똥이가 잔머리를 귀 뒤로 넘기며 묻자 이루가 손가락으로 오케이 사인을 보냈다.

"흡혈귀면 막 날아?"

"음. 나는 것까지는 아닌데 멀리 뛰어오르거나, 힘이 센 정도?"

개똥이는 시범을 보이기 위해 바위 위를 이리저리 날듯이 뛰어다녔다. 하지만 이루 눈에는 그냥 멀리뛰기로 보일 뿐이었다.

"나는 키가 작아서 그런데, 어른들은 나보다 훨씬 멀리 뛸 수 있어."

"알았어. 치명적인 약점은 뭐야?"

"그게…… 아냐. 그건 말 안 할래."

개똥이는 망설이며 발끝으로 바닥을 콕콕 찍었다. 이루는 심드렁한 표정으로 물었다.

"설마 〈조선 흡혈 종사관 담피〉 그 웹툰 내용처럼 박쥐로 변해가는 건 아니지?"

그 순간 개똥이 머릿속에 박쥐로 환태할 때의 고통이 훅 들어왔다. 그간의 고통이 일시에 느껴져 눈물을 후드득 떨어뜨렸다.

"그게 얼마나 고통스러운데. 뼈가 막 뒤틀린다고. 뼈 뒤틀려봤어?"

이루는 개똥이의 눈물을 연기라고 생각했다. 그녀는 마치 흡혈귀에 빙의한 듯 진지했고, 보윤이 쓴 웹툰 내용을 얼마나 좋아하는지 알 수 있을 만큼 흡혈귀 설정이 똑같았다. 덕분에 영상이 재미있어졌다. 이루는 개똥이의 눈물을 줌인해서 화면에 담았다. 그리고 그녀가 느낀 고통에 공감하는 듯 입술을 쭉 빼고 고개를 끄덕였다.

"그럼, 사람 피를 먹어?"

개똥이는 손등으로 눈물을 닦아내고, 언제 그랬냐는 듯이 다시 밝은 모습으로 돌아왔다.

"그게 마약 같은데, 안 먹는다고 죽진 않아. 대신 동물 피를 마시니까."

"다들 제일 나이 든 칠봉 할아버지한테 왜 반말해?"

"웅, 칠봉이는 당시 다섯 살로 나보다 어렸어. 흡혈귀를 피해

물으로 나가서 한국전쟁 때 총 맞아 죽어가다가 이 섬으로 왔고, 칠봉아비가 자기 피를 먹여서 흡혈귀로 만들었지. 나는 칠봉이보다 훨씬 전에 흡혈귀가 돼서 지금까지 이 모습이지만. 칠봉이 자손들이 이 섬을 관리해주고 있어. 올 때 태워줬던 학철이가 칠봉이 증손자야."

이루는 피식 웃었다. 설정이 꽤나 흥미롭고 그럴듯했다.

"흡혈귀도 죽어?"

개똥이의 얼굴이 두려움으로 가득 채워졌다. 작은 볼까지 미세하게 떨리는 듯했다.

"……죽지. 담피. 인간과 흡혈귀의 혼혈. 우릴 죽이는 운명을 가진 자."

"웹툰에서 봤어. 담피가 흡혈귀 킬러란 말이지?"

"응, 담피는 우리보다 몇 배나 힘이 세고."

"그리고?"

이루는 어느새 개똥이의 이야기에 빨려들어가고 있었다.

"힘이 세고……."

"……."

"힘이 세고…… 힘이 세……."

생각해보니 담피에 대해 아는 게 별로 없었다. 개똥이는 담피에 대해 막연한 공포심만 갖고 있었다는 것을 깨달았다.

"뭐야? 그게 다야?"

이루가 실망한 눈빛으로 개똥이를 재촉했다. 개똥이는 침을 꿀

껵 삼키며 이루를 똑바로 보며 말했다.

"개기 월식이 일어나면 우리는 전부 박쥐로 변해. 그때 담피가 우릴 죽이러 온다고 했어. 며칠 후면 개기 월식이야."

개똥이는 심각한 표정으로 카메라를 응시했다. 이루는 개똥이의 실감나는 연기에 탄식하며 녹화를 마쳤다.

*

나뭇잎에 비꽃이 방울방울 떨어지기 시작했다. 희주의 방문 앞 마루 위에는 누군가 올려놓은 천 조각이 밤바람에 나풀거렸다. '섬을 떠나지 않으면 죽는다'라는 글귀가 붉은 글씨로 쓰여 있었다.

일회용 우의를 입은 희주가 방문을 확 열어젖혔다. 그 바람에 문 앞에 놓여 있던 천 조각이 방문 틈에 끼어 희주의 눈에 띄지 않았다. 희주는 비장한 표정으로 신발을 신고 곡괭이를 어깨에 둘러멨다. 비를 맞고 달려온 이루가 대문으로 들어와 처마 아래에서 젖은 머리를 털었다. 희주는 곡괭이를 들어 올려 총구처럼 이루를 겨냥했다.

"너 자꾸 쏘다니고, 누나 안 도와? 확, 두고 갈라니까."

"누나 누나, 개똥이가 섬사람들 흡혈귀래."

이루는 핸드폰을 흔들어 보이며 히죽거렸다.

"애가 좀 똘끼 있는 게 재밌어. 비도 오는데 이 밤에 땅 파게?"

"하루라도 빨리 뭐라도 손에 쥐어야 할 거 아냐?"

이루가 재빠르게 신발을 벗고 마루 위로 올라갔다.

"조심해. 난 편집해야 해서."

이루는 붙잡힐세라 쪼르르 방으로 들어갔다. 희주는 다시 원점으로 돌아간 보물찾기가 시급했으므로 서둘러 대문을 나섰다.

방문에 끼어 있던 천 조각이 바람에 휙 날아갔다.

비가 그쳤다. 빗물에 흠뻑 젖은 숲은 바람이 불 때마다 스산한 소리를 냈다. 나뭇가지 위에 앉아 있던 이름 모를 새가 푸드덕 날아오르며 떨궈낸 빗방울에 희주가 질겁했다.

희주는 묵묵히 곡괭이질을 했다. 땅이 물컹해서 힘은 덜 들었으나 몸은 더 무거웠다. 물을 먹었는지 금속탐지기가 작동하지 않아 무작정 땅을 팠다. 잠시 허리를 펴려고 고개를 들고 보니 절벽 근처까지 와 있었다. 눈앞에는 입구가 좁은 동굴이 보였다. 호기심에 찬 희주는 곡괭이를 무기처럼 들고 동굴 입구로 조금씩 다가갔다. 누군가의 시선이 희주를 지켜보고 있는 줄도 모른 채.

동굴 안에서 박쥐 떼가 날카로운 소음을 내며 튀어나와 허공으로 흩어졌다. 그 소리에 놀란 희주는 기함을 하며 뒷걸음치다가 중심을 잃고 질퍽한 땅에 주저앉았다. 그때 저 멀리에서 도깨비불처럼 깜빡이며 다가오는 무언가가 있었다. 등골이 오싹해진 희주는 정신을 가다듬으며 천천히 일어섰다.

'섬사람들 흡혈귀래.'

자신도 모르게 이루의 말이 떠올라 겁이 났다. 설마 이 섬에 진짜 흡혈귀가 있는 것은 아니겠지? 희주는 불빛 쪽으로 천천히 고개를 돌렸다. 파란 불빛이 사내의 얼굴을 기괴하게 비추고 있었다. 희주는 있는 힘껏 비명을 지르며 절벽을 따라 내달렸다. 그러다가 젖은 땅에 발이 미끄러지더니 돌부리에 걸려 몸이 공중으로 치솟았다.

보윤은 들고 있던 손전등을 팽개치고 재빠르게 희주에게 몸을 날렸다. 다행히 절벽으로 떨어질 뻔한 희주를 가까스로 품에 안을 수 있었다.

희주는 눈을 가늘게 떴다. 보윤의 얼굴이 달빛에 빛났다. 죽기 전에 마지막으로 떠오르는 것이 이 남자 얼굴인가 생각했다. 그러고는 보윤의 품에서 기절했다.

보윤의 작업실은 은은한 촛불이 어둠을 가리고 있었다. 희주는 잠을 자는 것인지 미동 없이 요 위에 누워 있었다. 보윤은 땅에 쓸려 상처가 난 희주의 손바닥에 약초를 올린 뒤 가재 수건으로 감쌌다. 몸을 다친 것이 아닌데도 희주는 계속 깨어나지 못하고 있었다. 밤길이 걱정되어 그녀를 따라간 것인데 되레 자신으로 인해 희주가 다치고 만 것이다. 보윤은 마음이 무거웠다.

시간이 얼마나 지났을까, 희주가 슬며시 눈을 떴다. 보윤이 급히 희주 쪽으로 몸을 기울였다.

"정신이 드오? 약초를 발랐으니 통증은 곧 사라질 거요."

희주는 몸을 일으켜 앉았다. 그리고 한숨을 크게 몰아쉬며 투덜거렸다.

"아니, 조명을 그렇게 얼굴에 대고 무섭게 나타나면 어떡해요. 도깨비도 아니고."

"희주 씨한테 비추면 눈부실까 봐."

희주의 심장이 쿵쾅거렸다. 이 남자의 말은 항상 보드랍고 달콤했다.

"뭘 찾고 있었던 거요?"

보윤이 묻자 희주는 뭐라 둘러대야 할지 난감했다.

"……도토리. 다람쥐가 묻어놓은 도토리요. 묵 해 먹으라고."

고민 끝에 떠올린 변명이라는 게 고작 도토리였다. 스스로도 어이가 없어서 횡설수설했다. 희주는 목이 타 옆에 있는 물컵을 들어 벌컥벌컥 마셨다.

"거긴 전나무 숲이오. 도토리가 없을 텐데."

"캑!"

목에 사레가 들린 희주가 기침을 연달아 했다. 보윤이 잔에 물을 채우며 낮은 목소리로 말했다.

"내 벌써 눈치를 챘소."

희주는 마른침을 꿀걱 삼켰다. 들킨 건가? 이 사람에게 비밀을 털어놓아도 괜찮을까? 그러면 보물을 찾는 일이 쉽게 해결될지도 모른다.

"사실……."

희주가 말을 꺼내기도 전에 보윤이 옆에 있는 문갑 서랍을 열어 하얀 주머니를 꺼냈다. 그러고는 안에 든 엽전 꾸러미를 희주 앞에 내려놓았다.

"이걸 모으는 게요?"

눈을 둥그렇게 뜬 희주를 보윤은 그저 따스한 눈빛으로 바라보았다.

"가지시오. 그대에겐 뭘 줘도 아깝지 않소."

희주의 맥이 풀림과 동시에 보윤의 말이 가슴 한 자락을 뜨겁게 달궜다. 이렇게 맹목적으로 자신을 좋아해주는 이가 있다니. 짧은 희주의 인생에 처음 있는 기적이었다. 희주는 그의 마음이 궁금했다.

"나한테 왜 이렇게…… 잘해줘요?"

"……."

보윤은 희주를 다정하게 바라볼 뿐 한참을 말이 없었다. 희주는 재촉하지 않았다. 그냥 이 온기가 계속 식지 않기를 바랐다. 이윽고 그의 입이 열렸다.

"내 마음인데도 주인이 따로 있더이다."

세상에 태어나 처음 듣는 달달한 말이었다. 벌집을 통째로 삼켜도 이런 달달함을 맛볼 수 없을 것이다. 희주는 보윤의 고백에 수줍어 시선을 어디에 둬야 할지 몰랐다.

보윤도 쑥스러웠다. 여인에게 처음으로 고백을 한 것이니 어색하긴 마찬가지였다. 보윤은 헛기침을 몇 번 하더니 자리에서 일어나 전기 포트에 찻물을 올렸다.

보윤이 정성스럽게 찻물을 내리는 동안 희주는 작업실을 찬찬히 둘러보았다. 작가의 작업실은 처음이었다. 벽에 붙은 다양한 그림들이 제법 근사했다. 수묵의 기법을 가미한 웹툰이었다. 그림 속 주인공처럼 보이는 인물은 보윤 자신의 얼굴을 모델링한 듯 보였다. 그러다가 곱게 한복을 입거나 흑도복을 입은 여인 그림 앞에서 입술을 삐죽였다. 이 여인은 누구를 모델링한 것인지 그림이지만 질투가 났다. 문득 보윤을 처음 보았을 때 그가 절규하듯 외쳤던 채옥이라는 이름이 떠올랐다. 희주는 화장기 없이 거친 자신의 볼을 매만지며 무심한 목소리로 물었다.

"그…… 채옥이라는 여자는 이뻐요?"

"이뻤소."

보윤의 대답이 망설임 없이 빨랐다. 희주는 자기도 모르게 쓴 웃음을 지었다.

"하여튼 남자란……."

보윤은 찻잔을 들고 다가와 희주에게 건넸다.

"이리 보니 그대만큼은 아니었던 것 같소."

희주는 살짝 입꼬리를 올리고 차향을 맡았다. 겹겹이 벌어진 분홍 꽃차에서 올라오는 은은한 향이 그간의 지친 피로를 씻어 주었다. 희주는 또다시 무심하게 물었다.

"여친……이었어요?"

보윤은 고개를 절레절레 흔들었다.

"아니오. 그저 누이나 진배없는 아이였소."

희주는 그제야 기분이 풀린 듯 흡족한 미소를 지으며 차를 홀짝였다.

"뭐 누이는 여자 아닌가?"

누군가를 의식하기는 태어나서 처음이었다. 평범한 학생이던 시절에 좋아하는 남학생은 있었지만 짝사랑이었다. 아무도 자신에게 호감을 표현해주지 않았다. 하지만 이 사람은 처음 만나는 다정한 이성이었다. 그 이성이 자꾸 마음의 겹을 풀어헤치고 있었다. 이 사람과 어디까지 상상할 수 있을까? 유명한 웹툰 작가라니 먹고사는 데는 지장 없을 것이다. 속물처럼 보여도 희주에게 돈은 무시할 수 없는 가치였다. 보윤은 희주에게 완벽한 남자였다. 희주는 차를 홀짝이며 머릿속으로 보윤과 함께하는 미래를 빠르게 써 내려갔다. 자신도 모르게 미소가 지어졌다.

희주의 미소는 흑백 사진 앞에서 사라졌다. 낯이 익다 했더니 웬 젊은 남자와 언젠가 사진첩에서 봤던 외할머니인 젊은 이말년, 엄마 금보화로 유추되는 어린아이가 찍혀 있었다. 희주의 입에서 낮게 '할머니'란 말이 새어 나왔다.

"금 도령이라고, 내 벗 일가요."

일가라면 젊은 남자는 외할머니의 남편, 즉 외할아버지일 것이다. 보윤이 이들과 아는 사이였다니.

"아…… 네? 벗이라면 친구?"

희주는 벗이라는 말에 더욱 의문이 들었다.

"나이가 한참은 차이 나 보이는데요?"

"아, 뭐 친하게 지내면 다 벗 아니겠소."

보윤은 희주에게 사정을 다 말할 수 없어 적당히 둘러댔다. 희주의 의혹은 커져 갔다. 혹시, 이 사람은 외할머니의 사정을 알고 있지 않을까.

"그런데 이분들은 왜 섬에서 나갔어요?"

"사고가 있었소."

"아……."

"사고 때문에 섬에 돌아오지 못하는 거요."

희주는 무슨 사고가 있었는지 궁금했지만 물어볼 수 없었다. 외할머니와 엄마는 사기를 당하면 당했지 사기를 치거나 남의 것을 탐할 성품은 아니었다. 하지만 그토록 자귀도를 그리워하고 보물을 아쉬워하면서도 끝내 섬으로 올 수 없었다면 피치 못할 사정으로 섬에 큰 재난을 일으켰던 게 분명했다.

보윤은 사진과 희주의 얼굴을 교차해서 바라보았다.

"이리 보니 그대와 닮았구려. 그래서 그대가 살갑게 느껴졌나 보오."

희주는 사고를 치고 섬을 나간 부모의 자식이라는 것을 들킬까 봐 당황했다. 일부러 얼굴을 일그러뜨리며 시선을 돌렸다. 보윤은 차를 홀짝이다가 희주의 표정을 보고 짐짓 놀랐다.

"표정은 왜……."

"아, 아뇨. 그만 가볼게요."

희주는 부랴부랴 잔을 내려놓고 줄행랑을 치듯 작업실을 빠져
나갔다.

희주가 이루의 노트북을 열어 배경 사진을 바라보았다. 할머니
이말년과 엄마 금보화가 자신의 초등학교 입학 기념으로 찍은 사
진이었다. 이리 보니 엄마의 어릴 적 모습과 자신의 어릴 적 모습
이 완전 판박이였다. 보윤의 작업실에서 가족사진을 본 희주는
마음이 복잡했다.

"할아버지는 바다에 빠져서 돌아가셨다고 했는데…… 무슨 사
고가 있었던 거지? 그 사람은 태어나기 한참 전의 사진을 왜 갖
고 있는 거고? 그러고 보니 이 섬사람들 이상한 게 한두 가지가
아니야."

머릿속이 터질 것 같았다. 하지만 판타지에서나 가능한 흡혈
귀 얘기는 생각조차 하지 않았다. 그저 마을에 병을 옮겼거나 화
재를 일으키지 않았을까 하는 생각만 맴돌았다. 희주가 핸드폰
을 켜고 간병인에게 전화를 했다.

"저예요. 할머니는 별일 없죠?"

물병을 든 간병인이 병원 복도 끝에 서서 희주의 전화를 받았
다. 간병인은 무언가에 쫓기는 듯 숨을 죽이며 통화했다. 말년의
예전 병실에서 창문과 순문이 씩씩거리며 나오는 것을 봤기 때
문이었다.

"그놈들이 지금 병원에 와서 할머니를 찾고 있어. 너는 괜찮은

거야?"

희주가 깜짝 놀라 핸드폰을 두 손으로 귀에 바짝 대었다.

"들켰어요?"

"다행히 조용히 돌아갔어. 할머니는 잘 계셔."

희주는 그제야 긴장이 풀렸다.

"빨리 갈게요. 죄송해요."

희주가 힘없이 전화를 끊자, 바로 핸드폰 벨이 울렸다. '사채 새끼'였다. 희주는 망설임 없이 전원 버튼을 눌러 핸드폰을 껐다. 지금은 창문과의 통화로 진을 빼고 싶지 않았다.

희주는 할아버지의 상자를 열어 그 안에 담긴 수첩들을 다시 꺼내 보았다. 뭔가 단서라도 나올까 싶어 한 장 한 장 읽어 내려갔다.

딸아이가 점점 이상해지고 있다. 담피. 무당의 말이 사실일까? 사실이라면, 보화가 위험하다.

분명 무언가를 기록한 일기였다. 그 외에는 알 수 없는 공식과 화학 기호가 적혀 있어 해석하기 어려웠다. 이루의 말이 또다시 떠올랐다.

'섬사람들이 흡혈귀래.'

희주는 소름이 돋아 올라 오돌토돌해진 팔을 쓸어내렸다. 심장 박동이 빨라졌다. 보물을 찾든 못 찾든 더는 시간을 지체할 수 없었다.

*

창문은 방금까지 통화 연결음이 울렸던 핸드폰에서 전원이 꺼졌다는 안내음이 들리자 아랫입술을 깨물며 씩씩거렸다. 창문은 병원 입구에 세워둔 차에 올라타며 문을 쾅 닫았다. 운전석에 앉아 있던 순문이 이루가 올린 자귀도 유튜브 영상을 핸드폰으로 보여줬다. 이루의 자귀도 영상은 빠르게 조회수가 올라가 인기 영상이 되었다. 구겨졌던 창문의 얼굴이 다시 펴졌다.

"네 간을 꺼내서 얼마나 부었는지 확인하러 간다. 딱 기다려."

그때 검은 승용차가 이들의 차 앞을 가로막았다.

잠시 후, 빈 공사장의 밤하늘을 창문의 비명이 날카롭게 난도질했다.

"아악! 살려주세요!"

여기저기 얻어터진 순문과 창문의 얼굴은 피투성이가 되었고 옷은 질질 끌려 다니느라 먼지를 뒤집어썼다. 서너 명의 건달 사이에 쓰러져 있는 순문은 힘겹게 숨을 쉬고 있었다. 창문은 두 개의 굴착기에 양발이 각각 묶인 채 거꾸로 매달려 있었다. 굴착기가 창문의 가랑이를 찢으려는 듯 힘겨루기를 하다가 멈췄다.

양복 앞주머니에 행커치프를 꽂은 사내가 창문의 얼굴에 고개를 들이밀었다. 보스로 보이는 사내의 얼굴에는 선명한 칼자국이 볼 한가운데를 지나가고 있었다. 보스가 창문의 볼을 꽉 꼬집었다. 미묘하게 뒤틀린 듯한 입술 사이에서 흘러나온 목소리는 으스스할 정도로 나직했다.

"내 돈으로 도박할 땐 좋았지?"

"갚겠습니다, 꼭."

"통장 다 뒤져도 없는 돈을 어떻게?"

"돈 나올 구멍 있습니다. 그 미친년이 토끼는 바람에."

"사라졌어? 사람 찾는 데 업계 1위라며? 변명이 구차하지? 찢어!"

건달이 굴착기를 올리자 창문의 비명 소리가 또다시 밤하늘을 날카롭게 갈랐다. 창문이 발버둥치자 주머니에 있던 차키와 로또 용지가 바닥으로 떨어졌다. 보스가 로또 용지를 집어 들었다.

"번호가 뭐 이래? 골고루 좀 찍지. 쪼잔하게 꼴랑 한 장 사서 무슨 부귀영화를 누리겠다고. 양심이 없어, 양심이. 어디 보자. 추첨일이 오늘이네?"

보스의 말에 뭐든 행동이 앞서는 부하가 재빠르게 핸드폰으로 로또 번호를 검색했다.

"형님, 부를까요?"

"불러봐."

"1번입니다, 형님."

"일."

"6번입니다, 형님."

"육."

"7번입니다, 형님."

"칠?"

보스는 방금 전까지 무시했던 번호들이 연달아 호명되자 얼굴에 화색이 돌았다.

"8번입니다, 형님."

"팔!"

보스의 목소리가 점점 상기되자, 주변의 모든 이들의 표정까지 환해졌다. 마치 월드컵 우승을 눈앞에 둔 것마냥 분위기가 뜨거워졌다.

"9번입니다, 형님!"

"우아, 씨발. 맞어, 다 맞어. 아씨, 착하게 살았더니 이제야 복을 받네."

보스가 스스로를 칭찬하듯 자기 머리를 쓰다듬었다. 보스는 1등을 향한 마지막 번호를 위해 로또 용지를 높이 치켜들고 부르르 떨었다. 모두가 크게 박수를 쳤다. 굴착기에 매달린 창문은 자신이 위험한 처지라는 것조차 잊고 1등을 간절히 바랐다.

"1등 가즈아!"

그때 어디선가 날아온 갈매기가 부리로 로또 용지를 확 채어 달아났다. 눈 뜨고 코 베인 격이라 순간 정적이 흘렀다. 곧바로 정신을 차린 보스와 부하들은 갈매기가 날아간 쪽을 향해 아우성을 치며 쫓아갔다. 하지만 눈 옆에 검은 깃털이 달린 갈매기는 신기루처럼 어둠 속으로 사라졌다.

거꾸로 매달려 있던 창문도 자신의 일확천금이 사라졌다는 사실에 고문을 당할 때보다 더 괴로워했다. 보스는 열받은 표정으로 창문을 쏘아보았다.

"아 씨발, 마지막 번호……."

번호를 불러주던 부하가 마지막 번호를 마저 내뱉으려 하자 보스가 손을 들어 막았다. 만약 마지막 번호가 30이라면, 그래서 로또 1등 당첨이라면 부아가 나서 견딜 수 없을 것 같았다. 차라리 모르는 게 나을 성싶었다.

보스는 그 분노를 창문에게 돌려 굴착기 기사를 향해 손짓을 했다. 굴착기가 서서히 움직이자 피가 쏠려 얼굴이 검붉게 변한 창문이 다급하게 소리쳤다.

"아까 그년 찾았습니다! 지금 바로 잡으러 갈 겁니다!"

"너처럼 배 째면?"

"그년 장기로 갚겠습니다!"

보스가 굴착기를 내리라고 손짓했다. 기사가 굴착기 암을 기울이자 창문이 바닥으로 툭 떨어졌다. 창문은 고통스러워하며 굴착기 버켓에 묶인 양발을 풀었다. 그러고는 재빠르게 보스 앞에 무릎을 꿇었다.

"마지막이다. 이번 주 내로 돈 안 가져오면 다시는 사람 얼굴 못 볼 줄 알아."

보스가 먹따듯이 손가락으로 목을 긋고 창문의 눈을 찌르는 시늉을 했다. 창문은 연신 고개를 위아래로 흔들고 양손으로 합장을 했다.

"네, 감사합니다. 감사합니다."

*

학철은 동백항에 정박해 있는 배를 청소하고 있었다. 오랜만에 물때를 청소하려니 허리가 끊어질 듯 아팠다. 허리를 쭈욱 펴고 고개를 드니 사내 두 명이 다가오고 있었다. 이 더운 날씨에 붉은색 가죽재킷과 파란색 가죽재킷을 입고 땀을 뻘뻘 흘리는 남자들이었다.

"자귀도 가죠? 빨리 갑시다."

학철은 막무가내로 배에 올라타려는 이들에게 신경질이 났다.

"내가 무슨 택시 기사요? 싸가지 하고는……. 내려요, 얼른."

창문은 지체 없이 지갑을 열었다. 학철은 현금이 두둑한 지갑이 열릴 때부터 입이 점점 벌어지더니 손에 5만 원 열 장이 들어오자 벙실벙실거렸다.

"바쁘신가 보네. 근데 거긴 뭐 하러……."

"돈 떼먹고 도망간 년 잡으러 갑니다."

학철은 생각할 것도 없이 희주가 떠올랐다.

"아이구, 그럼 빨리 가야죠."

섬에서 골칫거리였던 희주 남매의 천적을 데려간다고 생각하

니 갑자기 신이 났다. 학철은 들고 있던 빗자루를 팽개치고 조타
석으로 빠르게 몸을 틀었다.

*

　칠봉은 그을린 실험실에서 성공했던 기억을 더듬으며 신약 연
구를 계속했다. 공간과 장비는 허술했지만 이미 비법을 알아냈
던 터라 필요한 것들로만 채웠다. 쓰레기통에는 실험에 쓰인 동
물의 깃털과 허물이 수북이 쌓여 그간 칠봉의 노고가 드러났다.
칠봉은 뚝뚝 떨어지는 땀방울도 신경 쓰지 않고 비장한 눈빛으
로 시약을 흔들어 섞었다. 파란색 시약은 작은 롤러코스터 같은
실험기구를 통과하며 보라색으로 바뀌고 한 방울씩 비커로 옮겨
졌다. 드디어 해냈다. 칠봉은 고개를 들어 양팔에 힘을 주고 하늘
높이 올렸다.
　"심봤다아!"
　자귀도에 또다시 희망이 솟아올랐다.

　칠봉은 동그란 비커에 담긴 보라색 액체를 주사기에 주입했
다. 칠봉아비와 개똥아비는 팔을 걷어붙이고 의자에 앉아 주사를
기다리고 있었다. 비장한 의식을 치르듯 진지하고 장엄한 칠봉
부자와 다르게 개똥아비는 다리를 달달 떨었고 불안함이 만면에
가득 찼다. 칠봉은 개의치 않고 세워 든 주사기 입구를 톡톡 쳐서

공기를 빼냈다. 피스톤을 누르자 보라색 액이 공중을 찌르며 분수처럼 새어 나왔다. 칠봉이 개똥아비의 팔에 주삿바늘을 찔러 넣었다.

"부작용은 없겠지?"

개똥아비가 주사 맞은 자리를 솜으로 누르며 물었다. 칠봉은 차례를 기다리던 칠봉아비의 팔에 주사를 놓으며 무심하게 대답했다.

"있어봤자 토사곽란이죠."

개똥아비는 겁을 집어먹고 솜으로 팔을 열심히 문질렀다. 솜으로 문지른다고 부작용이 없어지지는 않겠지만 불안감이 한결 가라앉았다. 실험이 성공할 때마다 임상 시험 대상이 된 개똥아비는 부작용으로 한 달 넘게 앓아누운 적이 많았다. 음식을 삼키지 못할 정도로 혀가 너덜너덜해진 적도 있었고, 온몸이 가렵거나 덜덜 떨리는 날도 더러 있었다. 부디 이번만큼은 성공해서 더는 이 실험의 희생자가 되지 않기를 마음으로 바랐다.

"어? 너무 많이 놨나?"

무심하게 뱉어낸 칠봉의 말에 개똥아비가 자리를 박차고 일어나 펄쩍 뛰었다.

"빼! 그럼 빼내라고!"

호러 동호회의 난입

한바탕 소동이 지나간 뒤 황 대감은 섬사람들을 마당에 모아놓고 회의를 열었다. 안건은 희주 남매의 거취 문제였다.

개똥이가 이대로 이루를 보낼 수 없어 목청을 높였다.

"투표해요. 우리도 민주적으로다."

"해보나 마나지."

칠봉이 비아냥거렸지만 개똥이는 지지 않고 의견을 냈다.

"그래도 해요. 언니 오빠 그동안 고생만 시켰잖아요."

묵묵히 있던 보윤도 거들었다.

"그냥 내치면 그네들 입장에서는 얼마나 서럽겠나 싶고……."

"일리가 있다. 허나 과반이 넘으면 수긍하겠지."

황 대감의 승낙에 개똥이는 주변을 둘러보며 찬성할 사람 수를 세어보았다. 아무리 봐도 보윤밖에 없었다. 절망적이었다.

"개똥이는 미성년자니까 빠지고."

개똥이는 억울한 눈빛으로 칠봉을 쳐다보았으나 받아들여지지 않았다. 섬사람들은 칠봉이 건넨 한지와 펜을 들었다.

"내보내라 가위표, 살게 돼라 동그라미. 잘 기억해두세요, 내보내는 건 가위표입니다."

칠봉은 혹시라도 섬사람들이 헷갈릴까 봐 가위표를 강조했다. 한지를 받아 든 섬사람들은 자신의 표를 들킬세라 서로 등지고 웅크려 앉았다. 개똥아비는 호기롭게 가위표를 그리고는 당당한 표정으로 주변을 둘러보았다.

섬사람들은 칠봉의 지시대로 한지를 두 번 접어 항아리에 넣고 제자리로 돌아갔다. 칠봉은 한지가 다 들어왔는지 항아리에 손을 넣어 개수를 세며 말했다.

"뭐. 펼쳐보나 마난데……. 자, 그럼."

칠봉이 표 하나를 집어 펼쳐 보았다. 그런데 여유롭던 표정이 살짝 일그러졌다.

"동그라미 하나."

개똥아비가 버럭 소리를 질렀다.

"누구야?"

보윤은 자신이라는 듯 턱을 치켜들고 개똥아비를 똑바로 쳐다봤다. 개똥아비는 상전의 눈초리에 야단맞은 강아지 마냥 고개를 푹 숙이고 애꿎은 발가락만 손으로 툭툭 쳤다. 칠봉이 다른 종이를 펼쳤다.

"이번에는…… 어? 또 동그라미네?"

개똥어미가 눈치를 보며 작게 말했다.

"우리 딸 스승님이라……."

칠봉은 입을 쩝쩝거리며 못마땅해했다.

"뭐, 그렇다 칩시다. 다음은……."

이번에도 동그라미가 나왔다. 칠봉의 얼굴이 붉으락푸르락 달아올랐다.

"뭐예요, 다들?"

복분이 손을 짧게 들고 변명하듯 말했다.

"꼬꼬 이쁘다고 해준 사람은 그 아가씨뿐이었어요. 죄송해요."

칠봉은 눈을 흘기고 다른 종이를 열어보았다. 이번에도 여지없이 동그라미였다.

"이 양반들이!"

박훈이 머쓱해하며 머리를 긁적거렸다.

"피가 땡겨서 그런 건 아니고."

복분이 박훈을 매섭게 쏘아봤다. 박훈은 고개를 반대편으로 돌려 복분의 따가운 시선을 피했다.

칠봉은 계속된 동그라미가 불길해 입술을 일그러뜨렸다. 칠봉이 남은 한지들을 연달아 열어 보았지만 죄다 동그라미였다. 그중 동그라미를 크게 그리고 검게 속을 칠한 것이 있었다. 개똥아비가 호기롭게 가위표를 그렸다가 마음이 쓰이는 듯 동그라미로 먹칠한 종이였다. 개똥아비는 기어들어가는 목소리로 말했다.

"장작 패준 게 고마워서, 나 하나쯤 동그라미 해도 대세에 지장 없을 줄 알았지……."

"그럼 설마 대감님이랑 아버지도요?"

"그 아가씨 덕에 밥도 맛나졌고……."

칠봉아비는 목이 잠긴 듯 침을 조금 삼키고는 애꿎은 바닥의 흙만 만지작거렸고, 황 대감은 헛기침을 하고 허공을 올려다보았다. 칠봉은 깊은 한숨을 몰아쉬며 종이들을 항아리에 던져 넣었다.

"다들 가위표 나올 줄 알고, 나 하나쯤 괜찮겠지 싶었구먼. 이게 문제네, 문제."

의기양양해진 개똥이가 손을 번쩍 들고 일어서며 말했다.

"그럼 만장일치죠?"

칠봉은 물러서지 않았다.

"아니, 이러면 다시 투표해야지."

개똥이가 양손을 꽉 말아 쥐고 성을 냈다.

"그런 게 어딨어? 남아 일언 중천금이라고! 너도 동그라미 그린 거잖아."

칠봉 또한 이들과 같은 마음으로 동그라미를 그려 넣어 할 말이 없었다. 보윤이 황 대감에게 두 손을 모아 정중하게 말했다.

"그네들이 도움이 됐으면 됐지 해된 적은 없습니다. 오래 머물 것 같지 않으니 잠시 두고 보시죠."

황 대감은 말없이 수염을 만지작거렸다. 그는 몇 초간 뜸을 들인 다음 침묵을 깨며 말했다.

"그래. 지켜보는 걸로 하세."

개똥이의 입에서 환호성이 터졌다.

*

'죽기 전에 당장 나가!'

희주는 동쪽 숲에 놓고 간 장비를 찾으러 왔다가 바닥에 쓰인 글귀와 산산조각 난 금속탐지기를 보고 주저앉아 흙을 꽉 움켜쥐었다. 희주를 반기지 않는 누군가가 그녀의 등을 떠밀고 있었다. 억울했다. 누구에게 불편을 끼친 적도 없고, 공짜 밥을 먹는 것도 아니었다. 섬에 머문 내내 섬사람들에게서 묘한 적대감을 느꼈지만 이렇게 협박까지 받고 보니 서운함이 치밀었다. 의심 가는 얼굴이 몇몇 떠올랐으나 확신할 정도는 아니었다. 희주는 모든 원망을 하늘 탓으로 돌리듯 허공에 대고 바락바락 소리쳤다.

"누구야! 나한테 왜 이러는데! 내가 뭘 어쨌다고!"

힘없이 돌아온 희주는 마루에 앉아 종이를 펼쳐놓고 섬 지도를 그렸다. 그간 파헤친 부분을 가위표로 지워나갔다. 남은 곳이 별로 없었다. 허탕일까 봐 초조해졌다. 희주는 연필로 머리를 긁으며 생각했다.

'할머니는 분명 보물이 있다고 했어. 설마 소설 같은 할아버지 글로 빚 갚는다고 하셨겠어? 어쩌면 할아버지 집에 가면 뭔가 찾을 수 있을지도 몰라.'

그때 개똥이가 마당으로 다급하게 뛰어들었다.

"언니, 언니!"

희주는 얼른 지도를 주머니에 구겨 넣으며 개똥이를 반겼다.

"어, 개똥아. 무슨 일 있어?"

개똥이가 희주의 품에 폭 들어와 허리를 감쌌다. 희주는 갑작스러운 개똥이의 행동에 당황했지만 그녀의 머리를 다정하게 쓰다듬었다. 개똥이는 희주의 품에서 빠져나와 미소를 지었다.

"있어도 된대요. 계속 있어도 된다고 지금 섬사람 모두 투표했어요. 만장일치로 찬성. 이제 어른들이 언니 고생 안 시킬 거예요."

뜻밖의 소식이었다. 조금 전까지 느꼈던 마을 사람들의 적의는 오해였을까?

"다행이다. 근데 그건 뭐야?"

희주가 개똥이 손에 들린 보자기를 가리켰다.

"엄마랑 복분 언니가 싸줬어요."

개똥이는 마루에 턱 걸터앉아 보자기를 펼쳤다. 채소로 만든 음식과 과일이 정성스럽게 담겨 있었다. 채식주의자의 뜻을 알아낸 모양이었는지 고기는 보이지 않았다.

"이따가 아버지가 모기장 치러 와주신 댔어요."

희주는 갑작스러운 섬사람들의 친절함에 어리둥절했다.

"저기 개똥아. 너 혹시 금성백, 그러니까 금 도령이 살던 집 어
딘지 알아?"

희주 입에서 금 도령이 언급되자 개똥이는 정색하며 물었다.

"금 도련님을 언니가 어떻게 알아요?"

"보윤 씨가 알려줬어."

"거긴 서쪽 숲 절벽에 있어요. 오래돼서 거의 폐가일 거예요."

희주는 폐가라는 말이 으스스하게 느껴졌다.

"이루 오빠는 어딨어요?"

"글쎄."

"오빠한테도 빨리 알려줘야지."

개똥이가 바람을 일으키며 대문 밖으로 뛰쳐나갔다. 희주는
싱긋 웃었다.

잠시 후, 대문 밖에서 칠봉아비의 헛기침 소리가 들렸다. 칠봉
아비가 뒷짐에 뭔가를 들고 대문 안으로 들어왔다. 희주는 마루
에서 일어나 칠봉아비에게 다가갔다.

"오셨어요."

칠봉아비는 희주를 지나쳐 낡은 선풍기를 마루 위에 턱 올려
놓았다. 여전히 어색한지 헛기침을 섞어가며 말했다.

"전기세 걱정은 말고…… 흠."

칠봉아비는 멋쩍은 듯 어깻죽지를 손으로 탁탁 털어내며 대
문을 나갔다. 희주는 눈을 끔벅거리며 선풍기를 바라봤다. 선풍

기의 버튼을 요리조리 눌러보다가 개똥어미가 싸 보낸 채소전을 입에 넣었다. 여전히 맛은 없었지만 왠지 가슴이 뭉클했다.

"이 요상한 맛도…… 사람들도…… 왜 자꾸 정이 드는데. 그래, 이 사람들이 흡혈귀면 나를 살려뒀을 리가 없잖아."

희주는 할머니와 엄마가 자귀도를 그리워했던 이유를 이제야 알 것 같았다. 섬사람들의 투박한 마음이 따뜻하게 느껴졌다. 처음 느껴본 정이었다. 친절하게 다가와 불쌍하다는 표정을 하고, 돌아설 때는 불편해했던 사람들과는 다른 방식이었다. 금속탐지기를 부수고 협박글을 썼던 사람은 대체 누구였을까? 만장일치로 자신이 섬에 머무는 것을 찬성했다면 섬사람일 리가 없었다. 희주는 머리가 지끈거렸다. 어쨌든 할아버지 집에 가서 보물의 실마리라도 찾는 게 우선이었다.

금 도령의 집은 수십 년간 인적이 끊긴 으슥한 폐가였다. 대문 한 짝은 바닥에 떨어져 있고 지붕은 서까래가 주저앉아 흉물스러웠다. 정글처럼 허벅지까지 자란 잡초는 마당을 빼곡히 채웠다. 희주가 조심스럽게 곡괭이를 대문간에 세워두고 안채로 걸어갔다.

'엄마는 열 살 때 급하게 섬을 떠났다고 했어. 어린 나이에 어떻게 섬 반대편까지 가서 보물을 숨겼을까?'

어쩌면 집 근처 어딘가에 벼락 맞은 고목이 있을지도 몰랐다. 하지만 집 근처를 한 바퀴 둘러봐도 고목의 흔적은 찾을 수 없었다. 희주는 다시 집 안으로 들어가 방 안을 뒤졌다. 쥐라도 나올 것 같아 긴장되었다. 세간은 그대로였다. 희주는 문갑 서랍부터 부엌살림까지 살살이 뒤졌다. 여전히 아무런 단서도 찾을 수 없었다. 부엌을 나서려다가 문득 아궁이를 돌아보았는데, 뭔가 태우다가 만 흔적이 있었다. 옆에 있는 부지깽이를 들어 아궁이 속 재를 긁어냈다. 타다 만 옷가지와 종이가 딸려 나왔다. 희주는 모서리가 탄 종이를 조심스럽게 털고 펼쳐 보았다. 할아버지의 필체였다.

담피의 특별한 능력이
흡혈귀를 죽인
보화가 섬사람들을 위험에

글의 앞뒤를 알 수는 없었으나 엄마가 섬사람들을 위험에 빠뜨린 것 같았다. 겨우 열 살인 아이가 대체 무슨 사고를 쳤던 것일까? 그때 밖에서 누군가의 발소리가 났다. 희주는 재빨리 종이를 바지 주머니에 찔러 넣고 일어나 부엌을 나섰다.

희주가 대문간에 세워둔 곡괭이를 어깨에 짊어지고 대문턱을 넘으려다가 집 앞을 지나가던 두 남자와 맞닥뜨렸다. 잔뜩 긴장해 있던 희주는 하마터면 기함할 뻔했다. 생각지도 못한 불청객, 창문 형제였다. 희주에게 다가온 창문이 한 대 칠 기세로 다짜고짜 손을 높이 치켜들었다. 그러다가 희주 어깨에 걸친 곡괭이를 보고 조용히 손을 내렸다.

"내가 얘기했나? 사람 찾는 걸로는 업계 1위라고."

"누가 안 갚는대요? 갚으려고 개고생하잖아요. 대체 여긴 어떻게 알고……."

"수영해서 왔다. 어쩔래? 그리고 개척이라도 하냐? 여기서 무슨 수로 갚어?"

"엄마 고향이에요. 숨겨놓은 보물이 있댔어요."

창문은 어이없다는 듯 입술을 이죽거렸다.

"그 말을 믿으라고?"

옆에 있던 순문이 추리하듯 눈을 가늘게 뜨고 손가락으로 턱을 매만졌다.

"영 틀린 말 같진 않아. 동해안에 보물선 가라앉았다고."

"조용히 해라."

창문이 흘겨보자 순문이 입을 다물었다.

"정말이에요. 안 그러면 제가 왜 곡괭이를 들고 이 고생을 하겠어요?"

창문은 희주를 훑고 폐가를 힐끗 쳐다보았다.

"오늘 저녁까지다. 서둘러, 장기로 빚 갚기 싫으면."

창문의 겁박에 희주는 마음이 다급해졌다. 정말 거머리도 이런 거머리가 없다. 어떻게 이곳까지 쫓아왔을까? 죽은 사람 살리는 것만 빼고 다 한다더니 틀린 말이 아니었다. 보물을 못 찾으면 영락없이 장기를 빼낼 기세였다. 희주는 간담이 서늘해졌다.

*

자귀도 선착장에 하얀 요트가 정박했다. 드라큘라, 피 묻은 의사, 수녀, 간호사, 조커 등의 호러 코스프레를 한 사람들이 요트에서 내려 선착장 근처 해변을 둘러보았다. 소식을 듣고 달려 온 섬사람들은 먼발치서 이들의 복장을 보고 화들짝 놀랐다.

"저것들 인간 맞겠지?"

칠봉이 고개를 절레절레 흔들며 혀를 찼다. 황 대감은 고민에 빠졌다.

"임상 시험 결과는 얼마나 기다려야 하는가?"

칠봉이 명쾌하게 답했다.

"오늘 저녁쯤이면 됩니다."

곁에 있던 개똥아비가 넌지시 말했다.

"우리도 곧 인간이 될 거니까 당장 쫓아낼 필요는 없을 것도 같고…… 인간이 되면 여기를 관광지로 만들면 어떨까 싶은데요."

황 대감은 개똥아비의 말도 일리 있다고 여겼다. 고민 끝에 황 대감은 동호인들의 방문을 허락하고 지켜보기로 했다.

해안가에 난장을 펼친 호러 동호인들은 테마파크에 온 것마냥 들떠 있었다. 부산 요트경기장에 정박해서 술 마시고 노래나 부르려 했는데, 유튜브를 본 누군가가 이곳 정보를 알리자 일행들은 망설일 것도 없이 자귀도로 항로를 변경했다. 자귀도는 기대

이상의 섬이었다. 한복뿐만 아니라 진짜 머리를 길러 상투를 튼 것만 봐도 자신들보다 더 완벽한 코스프레였다. 동호인들은 음악을 크게 틀어놓고 술과 고기를 먹으며 종일 취해 있었다.

칠봉아비가 황 대감을 위시하고 동호인들의 주의를 집중시켰다. 동호인들이 모여들자 뒷짐을 진 황 대감은 헛기침을 몇 번 하더니 교장 선생님 훈화하듯 근엄한 어조로 말했다.

"이 섬 규칙을 알려드리겠소. 첫째, 피를 흘리면 빨리 지혈할 것. 둘째, 흘린 피는 바로 깨끗하게 닦고 닦아낸 것은 가져갈 것. 셋째, 밤에는 돌아다니지 말 것."

동호인들 중 누군가의 입에서 피식 웃음소리가 새어 나오자 전염되듯이 여기저기서 발쪽발쪽 작게 웃음을 터뜨렸다. 이들의 건방진 태도가 못마땅한 칠봉아비가 성내듯 소리쳤다.

"다들 알아들으셨소?"

동호인들은 네, 하며 크게 합창했다. 드라큘라 코스프레를 한 젊은 남자가 손을 번쩍 들었다.

"질문 있는데요."

"뭐요?"

"흡혈귀도 똥오줌 싸나요? 여기 화장실이 없던데?"

칠봉아비가 입술을 꽉 물었다. 황 대감은 눈을 질끈 감았다 뜨고 발길을 무겁게 돌렸다.

"똥 싼 것도 싸가지고 가쇼! 별……."

칠봉아비의 호통에도 동호인들은 키득거렸다. 칠봉아비는 뭍으로 나가게 되면 저런 괴물 같은 것들과 이웃이 된다고 생각하니 앞날이 막막했다.

물통을 든 드라큘라 남자가 우물에서 물을 긷는 칠봉을 붙잡고 말을 걸어왔다.

"저기요. 전기 좀 쓸게요. 생수도 필요하고, 아, 와이파이 비밀번호도요. 돈은 드릴게요."

칠봉이 뒤웅박을 우물에 툭 던졌다.

"물은 우물 퍼마시면 되고, 전기랑 와이파이 쓰고 싶으면 뭍으로 가면 되겠네."

"거 시골 인심 되게 야박하네. 비위생적이게 우물물을 먹으라니."

드라큘라 남자가 우물에 침을 탁 뱉고 구시렁거리며 돌아섰다.

"이보쇼! 지금 이게 뭐 하는 행태요!"

"됐어요. 치사해서 안 써요."

칠봉은 분노를 꾹꾹 눌러 참듯 눈을 지그시 감아 뜨고 턱을 옆으로 꺾었다.

"뭐? 야박? 치사? 시골이면 막 퍼주는 게 당연하다는 거요? 그게 호구 잡히는 거지 인심이오? 확 물어 죽이기 전에 당장 꺼지쇼."

드라큘라 남자가 들고 있던 물통을 툭 내던지더니 칠봉의 멱살을 움켜잡았다.

"뭐? 물어 죽여? 시골 촌놈 새끼가 어디서 시비야?"

칠봉은 같잖다는 듯 드라큘라 남자를 들어 올리고는 그대로 땅 바닥에 메다꽂았다. 예상 못한 반격에 당황한 남자는 허리를 잡으며 신음했다.

"아…… 아, 이 노친네가, 이씨."

남자가 가까스로 일어서서 칠봉의 발을 걸어차려는데, 칠봉은 가볍게 뛰어올라 남자의 발을 짓이겼다. 드라큘라 남자는 아까보다 더 큰 신음을 터뜨렸다. 칠봉은 덤비라는 듯 한 손은 뒷짐을 지고 다른 팔은 내밀어 손가락을 까딱거렸다. 드라큘라 남자는 씩씩거리기만 할 뿐 겁을 잔뜩 집어먹고 뒷걸음질 치며 악다구니를 썼다. 칠봉은 대꾸하지 않고 물통을 들고 돌아섰다.

이를 멀리서 지켜보던 조커 남자가 핸드폰으로 동영상을 찍고 있었다. 이루의 유튜브 채널에서 자귀도 영상을 발견한 것도 조커 남자였다. 조커 남자는 방금 녹화한 영상을 흡혈 할아버지의 괴력이라는 타이틀을 달아 SNS에 올렸다. 팔로워가 많은 조커 남자의 게시물은 조회수가 순식간에 올라가고 있었다.

드라큘라 남자는 조커 남자의 영상을 보고 이 섬의 진실이 궁금해졌다. 자신을 쓰러뜨릴 때 노인은 전혀 힘을 쓰지 않는 표정이었다. 아무리 헬스를 열심히 했다고 해도 노인이 쓸 수 있는 괴력이 아니었다. 드라큘라 남자는 흡혈귀 섬이라는 게 진짜인지 확인하고 싶어졌다.

그는 우물 주변을 살피며 아무도 없는 것을 확인했다. 주머니에서 칼을 꺼내 손가락을 베고, 흘러나오는 피를 우물에 똑똑 떨어뜨렸다. 그의 음흉한 웃음이 우물물에 출렁거렸다.

드라큘라 남자는 밴드로 손가락을 지혈하며 숲으로 들어가 몸을 숨겼다. 미리 자리를 잡은 조커 남자는 삼각대에 카메라를 설치하며 말했다.

"야, 이런다고 뭐 갑자기 변하겠냐?"

"있어봐. 이 섬, 이상해. 사람이 그렇게 힘이 셀 수 없다니까."

드라큘라 남자는 끝장을 보겠다는 심산으로 우물에서 눈을 떼지 않았다.

잠시 후 박훈이 우물가로 나왔다. 두레박을 던지니 수면을 치는 둔탁한 마찰음이 잠들어 있던 우물을 깨웠다. 줄을 움직여 두레박에 물을 가득 채우고 끌어 올렸다. 박훈은 가져온 물통에 우물물을 따라 담고 두레박에 남은 물은 꿀떡꿀떡 삼켜 목을 축였다. 그런데 순간, 평소의 물과 맛이 다르다는 것을 깨달았다. 박훈은 지체 없이 두레박을 팽개치고 물통의 물을 벌컥벌컥 들이켰다.

박훈의 눈에 붉은빛이 돌기 시작했다.

"어?"

건너편 숲에서 박훈을 촬영하던 조커 남자가 뭔가를 발견한 듯 짧게 소리쳤다. 드라큘라 남자는 조커 남자를 밀어내고 카메라 렌즈에 눈을 갖다 댔다.

"이상해. 저 남자 눈빛이 좀."

드라큘라 남자는 줌을 당겨 박훈의 달라진 눈빛과 송곳니를 보고 벌어진 입을 손으로 틀어막았다.

그때 나물을 캐고 돌아온 복분이 우물에 기대어 앉아 물통을 통째로 들고 마시는 박훈을 보고 당황하여 물었다.

"아니, 이러고 앉아서 뭐 하는 거야?"

박훈은 붉어진 눈으로 복분을 보고 히죽히죽 웃어 보였다.

"복분아. 물맛이, 물맛이 좋아."

"그게 지금 무슨 말이야?"

"누가 물에 인간 피를 탔나 봐."

"뭐라고?"

복분은 놀란 눈으로 주변을 둘러보았다.

"여기 꼼짝 말고 있어. 어르신들 불러올 테니까."

복분은 바구니를 내려놓고 칠봉의 실험실을 향해 달렸다. 박훈은 복분이 시야에서 사라지자 다시 물통을 들고 물을 벌컥벌컥 마셨다. 박훈의 배가 임산부처럼 심하게 부풀어 올랐다. 물통 안으로 혀를 날름거렸으나 더 이상 입으로 밀어 넣을 수 없을 만큼 배가 불렀다.

숲에 숨어 있던 드라큘라 남자가 조심스럽게 박훈에게 다가와 물었다.

"이봐요. 괜찮아요?"

박훈의 눈이 게슴츠레 풀려 있었다. 박훈이 드라큘라 남자의 얼굴을 묘한 눈빛으로 보더니 목덜미의 불거진 혈관으로 시선을 옮겼다.

"인간이다."

"제가 부축해드릴까요?"

드라큘라 남자가 박훈의 어깨를 붙잡았다. 뒤에 있던 조커 남자가 촬영을 하며 긴장한 목소리로 말했다.

"야, 조심해."

드라큘라 남자가 고개를 돌려 눈을 찡긋했다. 박훈은 그의 목 혈관에 시선을 고정한 채 침을 꿀꺽 삼켰다.

"일어나실 수 있으세요?"

그 순간 박훈이 드라큘라 남자의 팔을 끌어당겨 목덜미에 송곳니를 깊게 찔러 넣었다. 드라큘라 남자가 소리치며 박훈을 밀어내려 발버둥을 치고, 카메라를 들고 있던 조커 남자가 달려와 박훈을 떨어뜨리려 안간힘을 썼다. 가까스로 박훈에게서 떨어진 드라큘라 남자는 피가 흐르는 목덜미를 부여잡고 조커 남자와 함께 도망쳤다. 이미 피에 흥분한 박훈은 입맛을 다시며 매섭게 그들을 뒤쫓았다.

남자들은 비명을 지르며 해안가로 내달렸다. 조커 남자는 소리치면서도 끝까지 촬영을 했다. 동호인들은 목에 피를 흘리며 뛰어오는 드라큘라 남자를 보고 놀라 우왕좌왕 당황했다. 드라큘라 남자는 목덜미에서 흐르는 피를 손으로 누르며 뛰어오다가 그만 돌부리에 걸려 넘어지고 말았다. 박훈은 넘어진 드라큘라 남자의 등을 밟고 올라타 또다시 목을 향해 입을 크게 벌렸다.

칠봉이 개똥아비와 칠봉아비의 핏방울을 현미경으로 관찰하
고 있었다. 이를 지켜보는 황 대감과 보윤은 기대를 담아 서로의
눈빛을 교환했다. 긴장 속에서 모두가 칠봉의 대답을 기다리고
있었다.

현미경에서 눈을 뗀 칠봉의 표정은 절망적이었다. 칠봉은 자리
에 털썩 주저앉더니 제 머리채를 쥐어뜯었다.

"죄송해요. 실패예요. 아악⋯⋯."

실망한 개똥아비도 자리에 주저앉아 땅을 쳤다.

"개똥이 학교 보낸다 어쩐다 수선이었는데⋯⋯."

칠봉아비가 칠봉의 어깨를 토닥였다.

"어디 네 탓이냐."

"섬사람들한테는 어떻게 말한다⋯⋯."

황 대감의 시름이 깊어졌다. 그때, 복분이 문을 덜컥 열고 들어
와 소리쳤다.

"큰일 났어요!"

다들 복분을 돌아보았다. 복분은 그 잠깐 사이 실험 약품들을
주시했다.

복분의 이야기를 들은 일행들은 숨을 헐떡이며 우물가로 뛰어
갔다. 하지만 그곳에는 피만 흥건할 뿐 박훈은 보이지 않았다.

"피예요."

"분명 여기 있으라고 했는데. 아까는 여기에 피가 흘려져 있지는 않았어요. 대체 그사이 무슨 일이…… 어떡해요, 큰일이라도 나면."

복분이 발을 동동 구르는데 멀리서 비명 소리가 들렸다. 섬사람들은 동시에 소리 나는 쪽으로 고개를 돌렸다.

"선착장 쪽이다."

"거기 인간들이 모여 있잖아요. 설마."

섬사람들은 일제히 선착장을 향해 달렸다.

그들이 선착장 해안가에 도착했을 때 동호인들이 누군가를 둘러싸고 짓밟고 있었다. 박훈은 드라큘라 남자의 목덜미를 물려다가 달려든 동호인들의 수세에 몰려 되레 얻어맞고 있었다. 취기가 오른 데다가 드라큘라 남자의 피를 본 동호인들은 앞뒤 가리지 않고 발길질을 했다. 아무리 흡혈귀의 힘이 인간에 비해 우세하다고 해도 젊은 남자 여럿을 이길 수는 없었다.

고무신도 벗겨진 채 피투성이가 되어가는 박훈을 개똥아비와 칠봉이 달려들어 동호인들에게서 떼어놓았다. 칠봉아비가 동호인들에게 소리쳤다.

"이게 무슨 짓이오!"

"이 사람이 먼저 나를 물었다고요! 이봐요, 피가 이렇게 나는 거 안 보여요?"

피범벅이 된 수건으로 목덜미를 감싸고 있던 드라큘라 남자가 역정을 내며 말하자 황 대감이 호통을 쳤다.

"당장 섬을 떠나시오!"

피투성이가 된 박훈은 칠봉과 개똥아비에게 양팔이 붙들려 있으면서도 혀를 할짝거렸다. 칠봉은 박훈을 끌고 가며 고개를 돌려 동호인을 향해 소리쳤다.

"어른 말씀 못 들었소? 당장 치우고 가쇼."

박훈은 온몸을 두들겨 맞아 멍이 들고 상처가 났지만 피부는 빠르게 재생되었다. 개똥아비와 칠봉은 이를 동호인들이 눈치채지 못하도록 재빨리 박훈을 끌고 마을로 들어갔다.

"우리의 잘못도 있고 하니, 더는 뭐라 하지 않겠소. 일을 키우지 말고 지금 바로 섬을 떠나시오."

황 대감의 말에 동호인들은 어쩔 수 없다는 듯 구시렁거리면서 짐을 쌌다.

잠시 후, 요트는 유유히 섬을 떠났다. 이를 지켜보던 황 대감이 혀를 차며 깊은 한숨을 내쉬었다. 곁에 있던 칠봉아비도 고개를 푹 숙이며 한숨을 몰아쉬었다.

박훈은 방바닥에 모로 누워 빈 물통을 붙잡고 콧노래를 흥얼거렸다. 상처가 나도 쉽게 아무는 흡혈귀의 피부는 그사이 완전히 회복되었고 통증도 없었다. 복분은 서방을 새 옷으로 갈아입히고 피 묻은 옷을 아궁이 불 속에 밀어 넣으며 눈물을 훌쩍거렸다. 피 흘린 서방을 보니 안쓰럽기도 했고 우려했던 사달이 벌어진 것도 기가 막혔다.

섬사람들은 박훈을 한심하다는 눈빛으로 내려다보았다. 박훈은 취한 것처럼 혀 꼬인 발음으로 말했다.

"배불러서 더는 못 먹겠는데······."

칠봉이 손으로 물통을 탁 쳐내고는 박훈의 어깨를 붙잡고 앞뒤로 흔들었다.

"진짜 환각 잔치를 하고 있네. 정신 차려요, 정신!"

칠봉아비가 의심 가득한 눈빛으로 물통을 들어 냄새를 맡고, 혀끝으로 물방울을 찍어 맛을 봤다. 칠봉아비는 소매 깃에 혀를 닦고 일어섰다.

"틀림없어요. 인간 피네요."

"내 이놈의 인간들을 다."

칠봉은 소매를 걷어 올리고 주먹을 꽉 움켜쥐었다. 황 대감이 숨을 깊이 내쉬며 말했다.

"우물을 폐쇄하게. 인간의 어리석음은 끝이 없구나······."

박훈이 여전히 히죽거리며 말했다.

"너무 오랜만에 먹어서 머리가 떵하네."

"이그, 그걸 말이라고 해요!"

복분이 한숨을 쉬며 등짝을 손바닥으로 세게 내려치는데도 박훈은 아픔을 느끼지 못하는 듯 계속 입맛을 다셨다.

"그러고 보니 인상 험한 사내 두 놈 더 오지 않았어?"

개똥아비는 눈알을 위로 굴리며 기억을 더듬었다.

*

이것이 마지막 나무다. 희주의 손이 미세하게 덜덜 떨렸다. 희
주는 창문 형제 앞에서 땅을 파고 있었다. 파내도 파내도 나무의
뿌리만 드러날 뿐이었다. 금 도령의 집을 뒤졌지만 아무런 정보
도 얻을 수 없었다. 아궁이에서 발견한 타다 만 종이에서 나온 앞
뒤 잘린 내용으로는 머릿속만 번잡해질 뿐이었다. 결국 마지막
남은 나무 아래까지 다 파봤지만 동쪽 숲 어딘가에 있었을 벼락
맞은 고목 아래에는 아무것도 묻혀 있지 않았다.

창문은 섬 지도를 펼치고, 마지막 나무 그림을 지웠다.

"이게 마지막이지? 그럼 없는 거네?"

창문은 그럴 줄 알았다는 듯 혀를 차더니 싸늘한 웃음을 입꼬
리에 매달았다. 희주는 보물이 나오지 않는다면 어찌 될지 뻔히
알고 있었다. 장기를 뽑겠다는 말은 정말일지도 몰랐다. 절망적으
로 바닥을 미친 듯이 팠다. 뭐라도 발견해야 했다. 필사적이었다.

"거짓말 아냐. 어딘가 놓쳤을지도 모르잖아요. 다시, 다시 파
볼게요."

희주의 목소리는 절규에 가까웠다.

"네 장기 떼고 시간 날 때 와서 파. 콩팥 하나 없어도 살어."

창문은 희주의 머리채를 틀어잡고 일으켰다. 희주는 완강하게

거부하며 소리쳤다.

"이거 놔! 너희들 이거 불법이야, 이 악마들아. 놔, 놓으란 말이야!"

창문이 낯빛을 험하게 굳혔다.

"싫다면은?"

"죽지!"

등 뒤에서 울린 사내 목소리에 창문이 돌아보았다. 순식간에 보윤이 달려와 창문의 목을 잡고 나무에 밀어붙였다. 창문이 캑캑거렸다.

"시발…… 너…… 는 누구야. 캑캑. 안 놔? 선량한 시민을. 형, 그 차용증 보여…… 줘."

순문이 주섬주섬 재킷 안쪽에서 서류를 꺼내 보윤 눈앞에 대고 흔들었다.

"봐. 저년 아비가 빚진 거 저년이 갚으라는 서류야. 우린 정당한……."

"원금에 이자까지 갚고도 남았어. 그런데 너희들 계산법은 어떻게 된 게 줄지를 않잖아!"

희주가 울부짖었다.

"들었지?"

보윤은 서류를 잡아채고 한 손으로 구겨서 절벽 아래로 던졌다. 창문이 턱에 힘을 주고 고래고래 소리치며 욕을 쏟아냈다. 보윤은 아랑곳하지 않고 목소리를 내리깔았다.

"잘 들어. 사채놀이 더럽게 하면 내가 가만 안 둔다. 빚 이제 다 갚은 거다."

창문이 유일한 원본 계약서라며 아우성치자 보윤은 창문의 목을 더 세게 움켜쥐었다. 창문의 얼굴에 핏발이 섰다.

"아…… 이씨……."

"내 동생 내려놔!"

뒤에 있던 순문이 바닥에 있던 곡괭이를 집어 들고 소리쳤다. 보윤이 고개를 휙 돌리자 순문은 잠깐 움찔했지만 고통스러워하는 창문의 표정을 보자 몸이 먼저 튕겨져 나갔다. 순문이 곡괭이를 높이 들고 달려들었고 보윤은 날렵하게 몸을 피했다. 덩달아 보윤의 손끝에 목을 틀어 쥐인 창문의 시름 소리도 커졌다. 순문은 허공에 대고 곡괭이를 내려쳤으나 빗나갔고, 휘청거리며 돌아서서 다시 보윤에게 달려들었다. 보윤은 이번에는 피하지 않고 곡괭이를 한 손으로 잡아챘다. 순문은 보윤의 괴력에 당황하며 곡괭이를 보윤의 손에서 빼내려 안간힘을 썼다. 보윤이 곡괭이를 끌어당기자 순문이 딸려왔다. 순문은 곡괭이를 손에서 놓쳤고 그 순간 보윤이 그의 목을 틀어쥐고 흔들었다. 형제의 발이 허공에서 허우적거렸다. 보윤의 눈빛은 이미 붉게 변했고 송곳니가 날카롭게 드러났다. 희주가 보윤의 달라진 모습에 소스라치게 놀라 소리쳤다.

"그러다 죽겠어요!"

희주가 보윤의 어깨를 잡고 말렸다. 허공에 떠 있는 순문과 창문도 두 손을 싹싹 빌었다. 보윤이 흥분을 가라앉히고 두 사람을 바닥에 내동댕이쳤다.

"선착장에 있는 배를 타고 당장 섬에서 나가. 10분 준다. 너희들 목숨 붙어 있을 시간."

형제는 겁에 질려 뒤도 돌아보지 않고 줄행랑을 쳤다.

"괜찮소? 다치지 않았소?"

보윤이 다가가자 희주가 겁에 질려 뒷걸음질을 쳤다. 보윤은 체념한 듯 고개를 푹 숙이며 나직이 말했다.

"이게 내 본모습이오."

"정말…… 흡혈귀가……."

잠시 정적이 흘렀다. 그저 헛소문이길 바랐으나, 야속하게도 보윤의 고개가 위아래로 흔들렸다.

"맞소."

확신이 들자 희주의 몸이 바르르 떨렸다.

흡혈귀를 죽이는 담피

희주와 보윤은 달빛에 빛나는 바다를 바라보며 나란히 서 있었다. 희주는 담담하면서도 처연했다. 사채업자들은 어찌 해결되었다고 해도 앞으로의 일이 캄캄했다.

"개똥이 말이 사실이었네요."

"내가 무섭진 않소?"

보윤의 목소리에는 애처로움이 묻어났다. 보윤이 희주를 향해 고개를 돌리니 희주가 보윤으로부터 멀리 떨어져 있었다. 두 사람 사이에 싸늘한 바람이 휘파람을 불며 지나갔다.

"들리오?"

희주가 큰 목소리로 대꾸했다.

"네? 뭐라고요?"

보윤은 숨을 고르고 희주에게 천천히 다가가며 말했다.

"내공이 130년이오. 이제 와서 인간을 물진 않소."

"아……."

하지만 여전히 얼떨떨한 희주는 주저하며 한 발 뒤로 물러났다. 보윤이 눈을 질끈 감아 떴다.

"안 믿는군."

보윤은 멀리 바다로 시선을 돌렸다.

"우린 인간이 되고 싶었소."

"왜요? 인간이 뭐라고…… 인간이면서 인간답지 못한 삶을 사는 사람이 수두룩한데."

"인간으로 태어났고, 인간답게 죽고 싶기 때문이오."

"영생하면서 평화롭게 살잖아요. 나에게는 생존 위협으로부터 벗어나는 게 인간답게 사는 것인데……."

희주에게는 인간의 가장 근본적인 욕구가 채워지는 것이 인간다운 것이었다. 그것을 채우기 위해 지난 세월을 고군분투하며 살아왔다.

보윤은 생각에 젖은 희주를 보자니 애잔해졌다. 그녀의 손에서 그간의 고된 삶이 고스란히 드러났기 때문이다. 그 또한 가슴 아팠다. 하지만 아직 그녀가 모르는 게 있었다. 결국 보이고 싶지 않은 모습을 스스로 드러낼 수밖에 없었다.

"이 모습으로 말이오?"

보윤은 소매에서 핸드폰을 꺼내더니 영상 하나를 틀었다. 언젠가 칠봉이 연구차 찍어둔 것이었다. 영상 속 보윤은 고통 속에 몸을 기괴하게 뒤틀며 박쥐로 변신했다. 그 모습을 본 희주는 하마터면 기함할 뻔했다. 간신히 입을 틀어막아 비명을 막았다. 보윤은 그녀의 반응을 예상했으나 마음이 아팠다. 이제 희주와의 관계는 돌이킬 수 없을 것이다. 보윤은 실망하는 눈빛으로 고개를 떨어뜨리고 웅크렸다. 그런데 희주는 점차 진정하는 듯싶더니 몸을 기울여 영상을 더 자세히 들여다보았다. 몸을 뒤트는 모습이 조금 징그럽긴 하지만 모습이 바뀌어도 보윤은 보윤이었다. 그렇게 생각하자 두려웠던 마음이 한결 나아졌다. 희주는 천천히 다가가 보윤의 머리를 부드럽게 쓰다듬었다.

"박쥐는 포유류라더니. 정말 하나도 안 무서워요."

보윤은 의외라는 듯 얼굴을 번쩍 들더니 진심으로 미소 짓는 희주의 모습에 비로소 안도했다. 홀가분하면서도 위로받는 기분이 들었다.

"우린 인간으로 돌아가기 위해 다양한 시도를 했소. 머지않아 흡혈박쥐가 되어 남은 인간성마저 사라지는 게 두렵소. 하지만 인간이 되려는 실험은 실패했고, 그래서 그대를 지키기 위해 보내려는 것이었소."

희주는 잠시 망설였다.

"저도 말 안 한 게 있어요. 그 벗이었다는 분."

"금 도령 말이오?"

희주는 결심한 듯 입을 열었다.

"제 외할아버진 거 같아요. 흡혈귀인 거죠?"

"그럼······."

보윤은 머릿속이 혼란스러웠다. 금 도령과 희주의 얼굴이 겹쳐 보였다. 그제야 의문이 풀렸다. 처음 봤을 때 희주가 낯이 익었던 이유는 금 도령의 손녀였기 때문이었다.

"맞아요. 저 같은 존재를 담피라고 하던데. 이루는 새아버지 아들이라 인간이고요."

희주의 목소리가 잠겨들었다.

"당장 섬을 나갑시다."

보윤의 목소리에 다급함이 묻어났다. 희주가 담피라면, 섬사람들과 희주 모두가 위험하다.

"안 돼요. 보물을 찾기 전에는. 할머니 수술비가 필요해요."

사정을 모르는 보윤을 희주가 붙잡았다.

"보물?"

"엄마가 여기 벼락 맞은 고목 아래 숨겨뒀다고 했어요."

"벼락 맞은 고목이라고 했소?"

"여기 숲 어딘가 있다고 칠봉 할아버지가······."

아무래도 보물부터 찾아야 희주가 미련 없이 떠날 것 같았다.

"그건 작년에 벼락 맞은 거요. 보화가 있을 때라면, 남쪽 숲이요."

울창한 남쪽 숲 가운데 홀로 메마른 검은 고목이 있었다. 희주와 보윤은 급한 마음에 손으로 땅을 팠다. 희주의 손에 뭔가 턱

걸렸다. 희주는 손동작을 멈추고 보윤과 눈을 마주쳤다. 희주가 조심스럽게 땅을 헤집어내자 작은 철제 상자가 나왔다. 다행히 자물쇠는 없었다. 희주는 상자를 꺼내 남은 흙을 대충 쓸어내고 조심스럽게 열어보았다. 상자 안을 내려다보는 희주의 동공이 흔들렸다.

"아…… 엽전…….”

여전히 엽전 꾸러미였다. 씻어내지 못했던 금은보화의 환상이 사라졌다. 낙망한 희주는 시름시름 앓는 소리를 냈다. 목소리는 잠겨 나오지 않고 눈물만 송골송골 맺혔다. 보윤은 그런 희주의 마음을 읽고 반달 같은 미소를 지었다.

"자세히 보시오. 금전이오.”

희주가 멈칫하더니 반색해서 엽전을 자세히 살펴보았다. 분명 금화였다.

"진짜 금이네!”

반면 보윤의 표정은 금세 어두워졌다.

"이걸 가지고 떠나시오. 곧 개기 월식이 시작되면 우리는 박쥐로 변하오. 그 틈에 나가시오.”

"할머니 수술만 마치면 돌아올게요. 여기서 살고 싶어요.”

보윤은 마음이 복잡했다. 누구보다 함께하고 싶은 사람이지만 함께할 수 없는 인연이었다. 처음으로 마음을 준 사랑이었다. 그러나 운명은 늘 바람을 갈기갈기 찢어놓았다.

"나도 보내기 싫소. 하지만 담피라는 것을 섬사람들이 알면 그대가 위험하오."

"왜죠?"

"보화가 열 살 때쯤……."

밤바다의 칼바람이 보윤의 마음을 날카롭게 베고 지나갔다. 보
윤은 침잠한 얼굴로 그들의 아픈 역사를 희주에게 털어놓았다.

숲에서 쑥을 뜯던 보화의 다리를 뱀이 물었다. 아프고 겁이 난
보화의 울음은 멈추지 않았다. 나는 보화 발목의 피를 입으로 빨아
냈다. 다행히 독이 퍼지지 않아 보화는 무탈했으나 그 과정에서 보
화의 피가 나의 목구멍으로 넘어갔다.

온몸에 붉은 반점이 생겼고 고열에 시달려야 했다.

흡혈귀와 인간에게서 난 보화는 성장기부터 남달랐다. 예삿일
이 아니라는 것을 직감했다. 섬사람들은 내 증세가 혼혈인 보화 때
문이라고 믿기 시작했다. 무당의 예언대로 담피는 흡혈귀의 천적
이었다.

섬사람들이 이 사실을 알기 전에 보화와 아내를 섬에서 내보내
야 한다.

"금 도령은 보화와 아내를 작은 나룻배에 태워 바다로 밀어냈
고, 바다 한가운데서 가족과 이별했소. 그리고 살아서 자귀도로
돌아오지 못했소."

희주는 보윤의 이야기를 듣고 할아버지가 기록한 내용이 사실

임을 깨달았다.

"그럼 우리 이제 다시 못 보는 건가요?"

보윤의 눈에 슬픔의 그림자가 너울거렸다.

"미어지오…… 가슴이……."

희주의 눈에도 슬픔이 차올랐다. 처음 바닷가에서 보윤을 보고 반했었다. 여러 일을 겪으면서도 늘 자신의 편이 되어주었던 이 남자의 모습이, 상상했던 이 남자와의 미래가 눈물로 뚝뚝 떨어져 사라지고 있었다.

"그러게, 잘해주지 말지. 사람…… 막…… 달달하게 꼬셔놓고……."

희주는 보윤의 가슴을 손으로 투덕거렸다. 보윤은 말없이 희주의 손을 붙잡았다. 자신보다 더 거친 이 여자의 안쓰러운 손이, 함께하지 못할 미래가 보윤의 가슴을 멍들게 했다. 보윤이 바람에 날리는 희주의 머리카락을 부드럽게 쓸어주었다.

"우리 시대에는 입맞춤을 뭐라고 하는지 아시오?"

희주가 고개를 좌우로 흔들었다. 보윤의 슬픈 시선이 희주의 입술에서 멈췄다.

"입술에 댄다 하여 접문이오."

보윤의 입술이 희주의 입술에 조용히 닿았다. 두 사람의 입맞춤이 이어지는 가운데 눈물이 서로의 뺨을 타고 흘러내렸다.

*

칠봉의 실험실로 그림자 하나가 들어오고 있었다. 복분이었다.
랜턴을 든 복분이 소곤거리는 작은 소리로 꼬꼬를 부르며 실험
기구 쪽으로 걸어왔다.

"꼬꼬야."

혼잣말처럼 꼬꼬를 찾는 듯하더니 실험실 책상 위에 있는 약품
을 하나씩 살폈다. 그때 복분의 등 뒤로 그림자 하나가 포개졌다.
복분이 놀라 돌아보니 학철이 서 있었다.

"아우, 놀래라."

"신약은 찾았소?"

"지금 찾고 있어."

"지난번처럼 불내지 말고 조심해서 처리해요."

"그땐 랜턴을 떨어뜨려서. 실수였어. 그런데 넌 이 시간에 섬엔
웬일이야?"

"아무래도 그 인간들을 계속 놔두면 안 될 것 같아요. 박훈 도
련님은 지금 어쩌고 있어요?"

"정신 못 차리고 누워 있지. 정말 이리 사고 칠 줄 알았다니까."

"오늘 저 인간들이랑 끝장 볼 거니까. 그 신약이나 숨겨둬요."

"알았어. 저기…… 그래도 다치게는 하지 마."

학철이 잠시 멈칫하다가 말없이 돌아섰다.

학철이 나가자 복분은 다시 신약을 찾기 시작했다. 수많은 약

병들 중 보라색 병에 최종 신약이라고 쓰인 것이 있었다. 복분은 이 약병이 성공적인 실험을 마친 신약임을 확인하고 움켜쥐었다. 잠시 망설이던 복분은 세면대로 자리를 옮기고 뚜껑을 열어 약을 쏟았다.

"자네였나?"

놀란 복분이 병을 떨어뜨리고 돌아보았다. 보윤이 무서운 얼굴로 복분을 노려보고 있었다.

"도련님!"

"인간 되면 아기 갖고 싶다 하지 않았소?"

보윤은 누구도 의심할 수 없었으나 복분은 더욱 의심하지 않았다. 그만큼 인간이 되려는 의지가 강하다고 여겼기 때문이다. 결국 모든 것을 들켜버린 복분은 무서움도 두려움도 없었다. 오직 남편 박훈이 이 사실을 알게 되었을 때 자신을 어찌 대할지가 걱정이었다. 복분은 체념한 듯 말했다.

"어릴 때, 무당이 그랬어요. 나는 태가 뒤틀려 있다고."

보윤은 말문이 막혔다. 복분은 어느새 어깨를 들썩이며 울먹였다.

"인간이 돼도 전 아이를 가질 수 없는 몸이래요. 그러면 서방님은 절 떠날 거고."

"시험관 아기도 있고, 별별 방법이 다 있는 21세긴데 고작 백년 전 무당 말을 믿어?"

복분이 북받쳐 두 손으로 얼굴을 감싸고 꺼이꺼이 통곡을 시작했다. 보윤은 그저 복분을 측은함으로 바라볼 뿐 위로할 말이 없었다.

*

희주의 빈방은 학철의 손에 난장이 되어가고 있었다. 학철은 일부러 겁을 주기 위해 물건을 헤집고 발로 밟아 박살을 냈다. 학철의 주머니에서 핸드폰이 울렸다. 발신자는 짝패 김씨였다. 학철은 짜증 섞인 신음을 하며 목뒤에서 정수리까지 머리를 쓸어 올리고는 통화 버튼을 눌렀다. 핸드폰 저 너머에서 온갖 욕설이 발사되었다.

"알았어. 갚어. 도련님 재계약 들어가면 원고료 땡긴다니까. 알았어. 조금만 기다려봐."

학철이 미간을 찌푸리고 핸드폰을 주머니에 찔러 넣었다. 학철은 도박에 손을 대고 그 빚을 갚기 위해 황 대감 몰래 고향 땅을 조금씩 팔았다. 명의가 자신이니 어렵지도 않고 들킬 일도 없었다. 도박으로 큰돈을 벌면 땅을 되찾을 것이라 생각했다. 하지만 황 대감의 땅을 팔아도 팔아도 빚은 줄지 않았다. 도박 또한 멈출 수가 없었다. 다급한 마음에 보윤의 웹툰 원고료까지 차곡차곡 빚쟁이 입에 털어 넣었다.

칠봉이 인간이 되는 약을 개발하게 되면 자신이 관리해온 황 대감의 재산을 그대로 돌려놓아야 했다. 인간이 되는 것이 그리

쉬울까. 조금만 시간을 벌자 했지만 생각보다 빨리 약이 개발되었고, 마음은 초조했다. 이대로라면 모든 것이 탄로 날 위기였다. 그래서 제일 마음이 여리고 인간이 되는 것이 두려운 복분을 꾀었다. 복분은 생각대로 쉽게 넘어갔고, 인간이 되는 약을 없앴다.

하지만 희주가 마을에 머물면서 불안감이 더 커졌다. 처음엔 섬사람들의 흡혈 본능을 일깨워 자귀도의 비밀이 탄로 나는 것이 두려웠다. 하지만 이내 섬사람들과 동화되는 것 같았고, 비밀스럽게 뭔가를 찾는 것이 영 수상했다. 늘 예의 주시하며 혈서로 겁도 줬지만 희주 남매는 자귀도에서 나가지 않고 버텼다.

마음이 조급해진 학철은 희주의 집을 난장으로 만들어 겁을 주고 내쫓을 심산이었다. 학철이 희주 가방에서 옷을 꺼내 여기저기 흩어놓았다. 그러다 발견한 것이 이루 노트북에 붙어 있는 가족사진 속 말년이었다. 학철은 사진을 유심히 봤다. 그제야 희주가 이 섬에 온 이유를 알 것만 같았다. 희주는 말년의 손녀였다. 그렇다는 건, 희주가 흡혈귀를 죽이는 담피라는 뜻이었다. 학철의 미간에 깊은 주름이 패었다.

"진작 죽였어야 했는데……."

*

개똥어미는 양쪽의 시선을 한곳에 모은 채 실을 바늘에 꿰었다. 그러다가 힘없이 손을 무릎 위로 떨어뜨렸다. 희주의 피가 묻은 휴지를 몰래 가져온 날부터 일이 손에 잡히지 않았다. 개똥어미는 바늘을 반짇고리에 꽂아놓고 몸을 일으켜 방문을 열었다. 밖에는 아무도 없었다. 개똥어미는 안심하고 문을 닫았다. 문갑 서랍을 살며시 열어 면포를 꺼내 들었다. 면포를 손바닥 위에 올려놓고 조심스럽게 펼치자 피가 묻은 휴지가 드러났다.

이 휴지를 주머니에 쑤셔 넣은 다음부터 궁금증이 개똥어미의 피를 말렸다. 개똥어미는 쿵쿵 코피의 냄새를 맡아보고 침을 꿀 껵 삼켰다.

"인간이 되면 이 맛을 못 본다고?"

개똥어미는 휴지를 다시 한번 코에 대고 쿵쿵거렸다. 콧속으로 이상야릇한 냄새가 파고들었다. 인내심에 한계가 왔다. 개똥어미는 아무도 없는지 주변을 한 번 더 살펴보았다. 크게 숨을 들이쉬고 내쉬고를 반복하며 갈등했다. 분명 코에 넣었다 뺀 모양새라 찜찜했지만 개똥어미는 눈을 질끈 감았다가 뜨고 휴지를 입 속에 쏙 밀어 넣었다. 우적우적 씹으며 맛을 음미하는데, 생각과 전혀 다른 맛에 미간을 찌푸렸다.

"맛있기는 개뿔. 썩은 쑥 맛이구먼."

그래도 개똥어미는 휴지를 뱉어내지 않고 꿀꺽 삼켰다.

그로부터 얼마 되지 않아 온몸에 반점이 생긴 개똥어미는 열이 들끓어 끙끙 앓았다. 황 대감은 심각한 표정으로 개똥어미를 지켜보았다. 희주의 등장과 함께 마을의 풍파가 연달아 터졌으니 마을의 어른으로서 자책감을 감출 길이 없었다. 개똥아비는 쩔쩔 매며 개똥어미를 다그쳤다.

"최근에 뭘 먹었거나 만졌거나 생각나는 거 말해봐."

개똥어미는 입을 꼭 다물고 고개만 저었다. 희주의 피를 먹었 다는 말이 차마 입 밖으로 나오지 않았다.

개똥어미의 손목을 잡고 진맥을 하던 칠봉은 한숨을 쉬며 그 녀의 손을 내려놓았다.

"금 도령이랑 증상이 같아요."

모두의 목에서 탄식이 터져 나왔다. 그때, 학철이 다급하게 뛰 어 들어오며 소리쳤다.

"큰일 났어요!"

개똥아비는 근심이 더해져 겁을 먹었다.

"또 뭔 일이야?"

"그 희주라는 여자가 담피예요, 담피. 보화 딸이랍니다."

모두들 입을 벌리고 다물 줄을 몰랐다. 칠봉아비가 다시 물어 확인했다.

"확실한 거야?"

"그러고 보니 보화랑 많이 닮지 않았어?

개똥아비의 말에 개똥어미가 황 대감의 눈치를 보며 기어들어 가는 목소리로 말했다.

"사실…… 희주…… 피가 묻은 휴지를 먹었어요."

모두의 입에서 절망의 탄식이 또다시 새어 나왔다.

"그럼 나는 이제 죽어요? 아이고…… 아이고…….."

개똥어미는 닭똥 같은 눈물을 흘리며 통곡하고, 개똥아비는 망연자실했다.

"그러니까 왜 아무거나 처먹어!"

개똥아비는 개똥어미를 끌어안고 목 놓아 울었다.

학철은 핸드폰으로 찍은 희주의 가족사진을 꺼냈다.

"담피예요, 담피. 큰일 내기 전에 죽여야 합니다."

학철이 다그쳤다.

"살려두면 언젠가 우리 모두를 죽일 운명입니다. 아시잖습니까."

"그러고 보니, 그 남매가 들어오고 이상한 일만 계속 생기잖아요. 실험실 불하며, 육지 사람들 몰려드는 거 하며, 이게 어디 예삿일이에요?"

칠봉이 펄쩍 뛰자 개똥아비가 머리를 긁적이며 말했다.

"근데 그 처자가 혼자서 우릴 어떻게 죽인단 말이지? 아무리 힘이 좋다고 해도 그 정도는 아니던데."

황 대감도 같은 의문이 들었다. 하지만 시일을 늦출 수 없었다. 황 대감은 잠시 고민에 빠졌다. 그가 쉽사리 결정을 내리지 못하자 학철이 부추겼다.

"이곳에 온 이유도 우릴 죽이려는 계략이었다고요. 월식에 죽이러 온다고 하지 않았습니까? 무당 말이 딱 맞습니다. 그러니 먼저 죽여야 합니다."

황 대감이 입을 떼었다.

"그들은 지금 어디 있는가?"

*

희주는 보윤과 헤어지고 빈집으로 걸어오는 내내 눈물을 흘렸다. 사랑을 시작도 하기 전에 이별을 먼저 했다. 온몸이 무거운 납덩이에 감겨 깊은 바닷속으로 가라앉는 기분이었다.

슬픔에 잠겨 집 앞에 다다르니 대문이 활짝 열려 있었다. 누가 찾아온 걸까? 눈물을 훔치고 주춤거리며 집 안으로 들어섰다. 그런데 방 안이 엉망으로 헤집어져 있었다. 설마 섬사람들이 자신이 담피라는 것을 벌써 알게 된 것일까? 희주는 다급하게 배낭에 짐을 쑤셔 넣었다. 그때 대문 밖에서 누군가의 발소리가 들려왔다. 희주는 눈물 자국을 닦아냈다. 콧노래를 흥얼거리며 방으로 들어오던 이루는 희주의 부은 눈을 단번에 알아챘다.

"누나 울었어?"

"얘긴 나중에 해줄 테니까. 지금 떠날 거야. 너도 준비해."

누나의 심상치 않은 분위기에 위기를 직감한 이루가 다시 마루를 내려와 신발을 신었다.

"어디 가려고?"

"개똥이한테는 인사라도 해야지."

이루는 이 섬에서 개똥이와 각별한 오누이처럼 지냈다. 이루를 좋아하는 개똥이에게 인사 정도는 큰 문제가 되지 않을 거라 생각했다.

"빨리 갔다 와. 다른 사람이랑 마주치지 말고."

그간 정든 이들에게 인사도 못 한다고 생각하니 희주는 마음 한구석이 아렸다.

희주는 배낭을 어깨에 짊어지고 마루 끝에 앉아서 이루를 기다렸다. 개똥이에게 인사만 건네겠다던 이루가 생각보다 늦어져 초조해졌다. 그때 칠봉아비가 대문을 확 열어젖히고 소리쳤다.

"큰일 났어! 이루가 사고 났어!"

"네? 우리 이루가요?"

희주는 생각할 겨를 없이 배낭을 내려놓고 칠봉아비를 따라나섰다. 사고 경위를 자세히 설명해주지 않는 칠봉아비를 뒤따르는 동안 희주는 계속 기도만 했다. 무탈하기를, 제발 무탈하기를.

칠봉아비의 발걸음이 멈춘 곳은 절벽 앞이었다. 칠봉아비는 희주의 눈치를 살피며 말했다.

"이쪽으로 떨어진 것 같은데…… 잠깐 여기 있어봐."

이루가 절벽에서 떨어졌다니 절망적이었다. 절벽 아래를 내려다보니 살아만 있어도 행운일 정도로 아찔했다. 희주는 발을 동동 구르며 울음을 터뜨렸다.

멀리 학철이 들고 있는 사냥총 스코프에 희주가 들어왔다. 곁

176

에 있던 황 대감이 긴장을 감추며 말했다.

"겁만 주게. 그럼 돌아올 생각 못 할 걸세."

"안 됩니다! 죽여야 합니다!"

학철이 말렸지만 황 대감의 마음은 움직이지 않았다.

"한솥밥을 먹은 식구였네. 또다시 피를 흘릴 순 없어."

"그러다간……."

학철은 표정을 굳힌 채 스코프 속 희주를 노려보다가 망설이며 방아쇠에 손가락을 지그시 댔다.

그때 보윤이 도포를 휘날리며 뛰어와 희주 앞을 막아섰다. 희주는 보윤에게 와락 안겼다.

"보윤 씨, 이루가……."

"이루는 멀쩡하오."

이를 본 황 대감이 성큼성큼 다가와 호통을 쳤다.

"네 이놈, 네가 왜 나서!"

"안 됩니다."

"마을 사람들 안위 문제다. 어서 비켜!"

"담피가 흡혈귀를 죽인다는 거, 확실하지 않습니다. 금 도령이 보화의 피를 먹고 죽었다는 건 우리의 추측일 뿐이잖습니까?"

보윤의 말이 틀린 것은 아니었다. 하지만 황 대감은 묵과할 수 없었다.

"개똥어미가 그 처자 피를 먹고 사경을 헤맨다."

보윤은 할 말을 잃었다. 희주를 지킬 수 있는 유일한 방책이었는데, 정말 담피가 흡혈귀를 죽인단 말인가.

희주는 언제 피를 흘렸는지 생각해보았다. 이래서 학철이 섬사람들을 걱정하며 약품함을 건넨 것이었나? 뒤이어 일전에 코피가 묻은 휴지를 버렸던 기억이 떠올랐다. 엄마처럼 다정했던 개똥어미가 자기 때문에 사경을 헤맨다는 얘기를 들으니 미안함이 걱정으로 바뀌었다.

"우리의 비밀을 아는 이상 그냥 돌려보낼 수 없다. 또한, 그 처자가 자식을 낳으면 또 다른 담피가 우릴 공격할 것이다. 어서 비켜라!"

"아무 문제 없다는 것을 제가 직접 증명하겠습니다."

다른 방도가 없다고 생각한 보윤은 결심한 듯 비장한 눈빛으로 희주의 손목을 잡았다.

"아파도 참으시오."

"뭐 하는 짓이냐!"

황 대감의 우려 섞인 호통에도 물러서지 않은 보윤이 희주의 손목을 물려고 하자 이번에는 희주가 손을 뿌리치며 소리쳤다.

"안 돼요!"

보윤은 희주의 손목을 놓치지 않고 망설임 없이 입으로 가져갔다. 희주가 거세게 저항하는데 탕, 총성이 울렸다. 희주를 겨냥하고 날아온 총알은 보윤의 가슴에서 터졌다. 총성과 함께 보윤이 희주를 감싸고 대신 총에 맞은 것이다. 학철이 파랗게 질려 총을 바닥에 떨어뜨렸다. 황 대감이 학철을 향해 버럭 고함을 질렀다.

"네 이노옴!"

그 사이 보윤은 피를 흘리며 절벽으로 떨어졌다. 희주가 붙잡았지만 보윤의 옷깃이 희주의 손에서 빠져나갔다. 넋이 나간 희주가 소리쳤다.

"아, 안 돼!"

희주는 울부짖으며 몸을 날려 바다로 뛰어들었다. 생각할 겨를도 없었다. 멀찍이서 이를 지켜보던 섬사람들은 다들 기겁하고 절벽으로 몰렸다. 학철은 자신이 방금 무슨 짓을 한 것인지 당황해서 얼이 나가 뒷걸음질을 했다. 칠봉이 학철의 멱살을 붙잡고 흔들었다.

"대체 너 왜 이러는 거냐! 네가 지금 도련님을 쏜 거야, 도련님을!"

학철은 털썩 제자리에 주저앉고 울먹였다.

"맹세코 도련님을 쏘려던 게 아니었습니다."

"네가 약을 없애라고 시켰잖아!"

그제야 복분이 사실을 털어놓으며 학철을 원망했다. 학철의 지시로 신약을 없앴다는 말을 듣자 섬사람들은 또 한 번 경악했다. 복분이 무릎을 꿇고 흐느꼈다.

"죄송해요. 제가 어리석었어요. 정말 죄송해요."

칠봉이 학철을 다그쳤다.

"사실이냐? 네가 왜! 너, 돈 때문이냐? 설마 아직도 도박하는 거야?"

학철은 머리를 바닥에 찧으며 두 손을 싹싹 빌었다.

"죽여주세요. 영원히 신약을 막으려던 건 아니었습니다. 맹세합니다. 빚만 갚고 나면, 그때 인간이 돼도 늦지 않을 거라고……."

"닥치거라, 이놈!"

황 대감은 참을 수 없는 배신감에 몸서리쳤다.

바다에 빠진 보윤과 희주는 그대로 눈을 감고 바닥으로 점점 가라앉았다. 먼저 눈을 뜬 희주가 멀어지는 보윤의 손을 어렵게 붙잡았다. 희주가 보윤을 흔들었지만 그는 여전히 의식이 없었다. 희주는 우선 보윤의 손을 놓고 수면 위로 고개를 내밀어 크게 공기를 머금었다. 그러고는 보윤의 몸에서 빠져나오는 피의 방향을 따라 다시 헤엄쳐 내려가 보윤의 손을 잡고 있는 힘을 다해 수면 위로 끌어당겼다. 가까스로 보윤을 뭍으로 끌고 나온 희주는 거친 숨을 토해내며 보윤을 흔들어 깨웠다. 새파랗게 질린 안색을 한 보윤은 미동조차 없었다. 희주는 본능적으로 보윤의 가슴을 펌프질했다. 여전히 그는 눈을 뜨지 않았다. 심장을 마사지할수록 보윤의 안색은 짙은 바다처럼 새파랗게 질려가고 있었다. 희주는 목 놓아 울면서도 손동작을 멈추지 않았다.

"뭐 흡혈귀가 이렇게 잘 죽어? 영생한다며…… 흑흑…… 나 때문에…… 나 때문에 죽으면 안 돼요. 나 때문에……."

잠시 후 보윤의 가슴 상처가 스르륵 신비롭게 아물었다. 조금씩 정신을 차린 보윤은 손을 들어 희주 볼에 흐르는 눈물을 닦아냈다. 희주는 보윤의 생사를 확인하고 그를 꽉 부둥켜안았다.

"놀랐잖아요. 죽는 줄 알고."

"……괜찮소?"

보윤은 기침을 하면서도 희주의 걱정을 먼저 했다. 뒤늦게 달려온 섬사람들이 이들을 보고 안도의 숨을 내쉬었다.

"너…… 정말 이 아비 죽는 꼴 보고 싶은 게냐? 처자를 해할 생각은 애초에 없었다. 겁만 주려던 것이다."

얼굴이 새하얗게 질린 황 대감 앞에 보윤이 몸을 일으켜 무릎을 꿇었다.

"죄송합니다. 이 길 밖에 없었습니다."

황 대감이 흔들리는 눈빛으로 밤하늘을 올려다봤다.

"시간이 없다. 곧 월식이다. 일단 모두 광에 가둬라."

*

붉은 달이 뜨는 개기 월식이 시작되었다. 선착장에 작은 어선 한 척이 도착했다. 세 명의 거구들이 몸을 뒤뚱거리며 육지에 발을 내딛었다. 제일 먼저 내린 남자가 창문에게 사냥용 총을 건네며 물었다.

"이 밤에 총은 왜요?"

"사냥이다. 짐승 새끼들, 뵈는 게 없어도 총은 무서워하겠지."

창문은 보윤의 경고에 섬을 떠날 것처럼 굴었지만 해안가에 숨어서 사내들에게 전화를 걸어 사냥총을 대령시켰다. 이대로 섬을 나가면 어차피 보스의 사냥감이라는 운명이 기다리고 있었다. 그럴 바엔 이곳을 사냥터 삼으리라 의지를 굳혔다.

사내들은 마을 쪽을 향해 총구를 들었다.

창문 일행이 희주가 머물던 빈집 대문을 발로 세게 차고 안으로 들어가 샅샅이 뒤졌다.

"아무도 없는데? 벌써 도망간 건가?"

창문은 빈집에서 나오며 아랫입술을 깨물었다.

"마을 다 뒤져. 어디든 숨어 있을 거야."

순문도 이상하게 생각하긴 마찬가지였다. 마을이 아까와 다르게 너무 조용했다. 창문 일행은 다음으로 황 대감 집을 급습했다. 안방에는 커다란 박쥐가 매달려 있었다. 박쥐의 크기에 놀란 창문이 움찔했다. 하마터면 총을 쏠 뻔했다.

"아씨, 저건 또 뭐야?"

"박쥐 같은데? 엄청 크다."

순문이 멀찍이 떨어져 고개만 내밀며 말했다.

박쥐로 변한 황 대감은 눈을 떴지만 미동하지 않았다. 섣불리 움직였다가는 저들의 사냥총에 먹잇감이 될 수 있었다.

"뭐야, 별걸 다 키워. 다른 데 가보자."

창문 일행이 이번엔 박훈의 집으로 갔다. 이곳도 박훈과 복분 박쥐가 요 위에 달린 철봉에 매달려 있었다. 창문과 순문이 들어오자, 두 박쥐는 눈을 깜박이며 겁을 먹고 날개를 움츠렸다.

"여기도 박쥐야."

"근데 왜 사람이 안 보여?"

집 안에 불이 켜져 있는데도 사람이 보이지 않자 창문은 찜찜하고 불길한 생각이 들었다.

그때 일행의 목소리가 들렸다.

"여기 사람 있어!"

*

영문을 모르고 광에 갇힌 이루가 제자리를 맴돌았다. 개똥이를 보러 가는 길에 개똥아비와 마주쳤고, 그가 이끄는 대로 따라온 게 이곳이었다. 아무리 생각해도 자신을 가둔 이유를 알 수 없었다.

그때, 광문이 열리고 학철과 배낭을 멘 희주가 떠밀리듯 들어왔다. 밖에서 칠봉이 광문을 닫았다. 누나를 만난 이루는 그제야 조금 안심이 됐다.

"누나, 무슨 일이야? 사람들이 이상해."

"걱정 마. 곧 이 섬에서 나갈 거야."

"휴, 다행이다. 근데 누나, 몸은 왜 다 젖은 거야? 아저씨는 왜 여기……."

희주가 대답 없이 피곤한 몸을 이끌고 이루 곁에 털썩 앉았다.

학철은 그들과 떨어져 축 처진 어깨를 벽에 기대고 앉았다. 학철이 무릎에 얼굴을 묻고 눈물을 훔쳤다. 섬사람들을 도우며 평생을 살았지만 결국에는 배신자가 되었다. 뭔가에 홀리듯 방아쇠를 잡아당기고 총알이 보윤의 가슴을 뚫고 나서야 괴물이 되어버린 자신을 돌아볼 수 있었다. 학철은 주먹으로 자신의 머리를 퍽퍽 내려쳤다.

희주는 배낭에서 금 도령의 수첩을 꺼내 보았다. 미처 읽지 못한 나머지 부분을 읽어 내려갔다.

보화가 흥분하면 혈관이 튀어 오르고, 괴력이 솟는다. 혈압이 상승하는 것 같다.

모든 상황을 알게 된 희주는 혼란스러웠다. 희주는 주머니에서 타다 남은 종이를 꺼냈다.

담피의 특별한 능력이
흡혈귀를 죽인
보화가 섬사람들을 위험에

희주는 남은 글의 앞뒤를 유추해보았다. '담피의 특별한 능력'이라면 앞서 말한 엄마의 괴력일 것이다. '흡혈귀를 죽인'과 '섬사람들을 위험' 부분은 담피의 괴력이 흡혈귀를 죽이는 위험을 초

래한다는 것 같았다. 희주는 또래보다 힘이 센 편이었지만 괴력 정도는 아니었다. 엄마도 괴력으로 친한 사람을 위험에 빠뜨릴 성품은 아니었다. 희주는 아무리 생각해도 이해가 되지 않았다.

밖에서 사람들의 빠른 걸음 소리가 들렸다. 희주가 수첩을 덮고 조심스럽게 광문 틈으로 밖을 내다보았다. 이루와 학철도 희주 아래 문틈으로 눈을 가져다 댔다. 총을 든 창문과 남자들이 바로 앞을 지나가고 있었다. 희주는 입을 막고 작게 말했다.

"뭐야. 사채들이잖아."

"총을 들었어. 어떡해."

이루가 겁을 먹고 벌벌 떨었다. 학철이 일행들의 얼굴을 확인하고 머리를 쥐어짰다.

"저자들은 나한테 사기 치고 빚지게 한 업자들이야. 얼마나 무서운 놈들인데."

"아저씨도 저놈들한테 빚졌어요?"

"정말 끈질긴 놈들. 지금 마을 사람들은 저항 못 할 텐데. 어떡하죠?"

희주가 이를 갈며 발을 동동 굴렀다.

학철도 희주처럼 섬사람들이 걱정되긴 마찬가지였다. 하지만 두려움에 손이 떨려 차마 나설 용기가 나지 않았다.

희주가 광문을 열려고 덜그럭거렸지만 단단히 잠긴 문은 덜컹거릴 뿐 열리지 않았다. 이루는 앞으로의 일이 두려워 구석에 웅크리고 있었다.

"누나, 그냥 조용히 있자. 이러다 들키겠어."

"동생 말대로 해. 저자들은 사람 죽이는 거 쉽게 하는 흉악한 놈들이라고. 내가 오죽하면…….."

"섬사람들이 위험해요. 뭐라도 해야죠."

희주가 결연한 표정을 지었다.

"그 사람들이 빚쟁이도 아닌데 왜 위험해. 우리가 더 위험해."

이루가 강경하게 말리자, 희주는 잠시 숨을 고르다가 입을 열었다.

"이루야, 개똥이의 말이 사실이었어. 그리고 나 흡혈귀를 죽이는 담피래. 내가 저들을 위험에 빠뜨린 거라면 이건 내가 책임져야 하는 운명이야."

"누나, 그게 무슨 말도 안 되는 소리야? 혼자 저 사람들을 어떻게 하려고? 총 든 거 못 봤어? 누나 없이 나 혼자 어떻게 살아. 그냥 있자. 제발, 누나…….."

이루가 희주의 팔을 붙잡고 글썽거렸다. 희주가 따뜻한 눈빛으로 이루의 머리를 쓰다듬었다.

"내 동생 다 컸네. 누나 걱정도 하고. 약속해, 무슨 일이 있어도 절대 나오지 않겠다고."

"싫어. 그럼 같이 가."

이루가 배낭을 내려놓고 일어나는데 학철이 이루의 어깨를 잡아당기고는 희주를 향해 말했다.

"미안했소. 그쪽을 어떻게 하려던 건 아니었어. 나도 혜까닥 한 거지. 나랑 갑시다. 그쪽이 담피라면 뭐가 달라도 다르겠지."

"정말 괜찮으세요?"

"나도 죗값을 치를 기회는 얻어야 하지 않겠소?"

멀리서 총소리가 크게 울렸다. 이루가 놀라 손으로 귀를 틀어
막았다. 희주의 눈빛이 분노로 파랗게 변하더니 팔뚝과 목의 혈
관들이 불거져 나왔다. 그러고는 괴력으로 문을 걷어찼다. 꿈쩍
도 하지 않던 문이 단번에 부서졌다. 뒤에 있던 이루와 학철이 놀
란 입을 다물지 못했다. 희주도 자신의 괴력에 당황하여 온몸을
훑어봤다. 그동안 흥분하면 혈관이 불거졌고 힘이 넘쳤지만 이
정도인 줄은 몰랐다. 전에 없이 몸이 가벼웠다. 충격을 받은 듯 그
대로 얼어붙은 이루를 뒤로 하고, 희주는 날 듯 뛰듯 총소리가 난
쪽으로 달려갔다. 그 뒤를 학철이 따라나섰다.

*

총소리가 난 곳은 개똥이네 집이었다. 개똥이네 안방 문이 열
려 있고, 남자들이 놀라서 뒷걸음을 쳤다. 창문과 순문이 도착하
자 불처럼 달궈진 듯한 얼굴로 고통스러워하는 개똥어미가 좀비
처럼 기어 나왔다. 순문은 침을 꿀꺽 삼키며 말했다.

"좀비야?"

개똥어미가 다가오자 일행들은 일제히 겁을 먹고 대문 밖으로
나가 고개만 빼꼼히 내밀고 있었다. 창문은 일행들을 보며 혀를

차고 개똥어미에게 소리쳤다.

"쇼하지 말고, 그 한복 입은 남자 어딨어?"

개똥어미는 여전히 고통스러운 듯 기괴하게 몸을 뒤틀며 남자들을 향해 손을 뻗었다. 뭔가를 두려워하는 듯 개똥어미의 눈빛이 흔들렸다.

개기 월식이 거의 끝나가고 있었다. 창문이 총을 들어 하늘을 향해 방아쇠를 당겼다. 총소리에 놀란 개똥어미가 방으로 방향을 틀자 창문이 헛웃음을 지었다.

"별것도 아닌 게. 야, 다른 데 다시 뒤져. 이것들이 총소리 듣고 어디 몰려 있을 거야."

창문 일행이 집 밖으로 우루루 사라졌다.

방에 들어온 개똥어미는 그제야 눈빛이 편안해졌다. 그런데 몸이 이상했다. 피가 어떻게 도는 것인지 전신이 무겁고 뜨거웠다. 개똥어미는 문갑을 열어 바늘을 꺼내 팔을 찔러보았다. 붉은 피가 맺혔다. 흡혈귀의 보라색 피가 아니었다. 믿을 수 없다는 듯 개똥어미는 허벅지를 걷어 다시 바늘로 찔렀다. 역시 붉은 피가 흘렀다.

개똥어미의 얼굴이 환해지기 시작했다.

*

박쥐로 변했던 보윤이 사람으로 돌아오고 있었다. 하지만 몸을 제대로 가눌 수 없어 비틀거렸다. 보윤은 쓰러질 듯 휘청거리며 밖으로 나갔다. 조이는 가슴을 붙잡고 힘겹게 숨을 몰아쉬었다. 벽에 기대어 가까스로 걸어나오다 결국 바닥에 쓰러졌다.

"도련님!"

"보윤 씨!"

뛰어오던 학철과 희주가 보윤을 부축했다. 맞은편에서 걸어오던 창문 일행이 희주와 딱 맞닥뜨렸다. 창문은 입꼬리를 씰룩거리며 말했다.

"거봐. 어디서든 기어 나온다고 했지?"

"너, 대체 무슨 짓을 한 거야?"

"무슨 짓을 했을 거 같냐?"

창문이 보란 듯이 총을 장전하고 희주에게 겨눴다. 희주의 안색이 붉게 변하고, 혈관이 투둑 불거져 나와 꿈틀거렸다. 표정은 두려움 없이 분노로 가득 찼다. 창문은 희주의 다리를 향해 총을 쏘았다. 희주가 눈 깜짝할 사이에 총알을 피하고 창문에게 달려들어, 창문의 가슴을 밀치고 주먹을 있는 힘껏 휘저었다. 창문은 외마디 비명을 지르며 그대로 쓰러졌다. 나머지 일행도 희주에게 달려들었다. 희주는 넘쳐나는 괴력으로 이들을 쉽게 제압했다. 마치 어린아이를 상대하는 어른 같았다. 무술을 배운 것이 아니니 모양새는 서툴렀지만 주먹을 한 번 휘두르면 그 힘이 사내 셋의 힘과 같았다. 주먹으로 얼굴을 정통으로 치자 사내는 그대로 정신을 잃고 쓰러졌다. 기력이 없는 보윤과 겁을 먹던 학철도 합세하여 희주가 쓰러뜨린 사내를 발로 밟고 팔을 꺾었다.

그사이 월식이 끝나고 달이 밝게 빛났다.

널브러진 사내들 앞에 희주가 씩씩거리며 숨을 고르고 있었다. 보윤이 다가오자 희주가 뒷걸음질로 떨어졌다. 자신도 몰랐던 괴력이 보윤을 다치게 할까 봐 두려웠다.

"안 돼요. 다가오지 마요."

박쥐에서 다시 사람으로 돌아온 섬사람들은 바삐 방을 빠져나와 이들 앞에 섰다. 널부러진 사내들을 본 섬사람들은 난데없는 상황에 겁을 먹었다. 자신들의 집을 급습한 이들이 누구이며, 어떻게 당했는지 한마디씩 보태느라 방금 전까지의 사달은 잊고 와자지껄했다.

이때, 정신이 돌아온 창문이 조용히 총을 들어 희주를 향해 조준했다. 이렇게 끝낼 수는 없다. 한 명이라도 제거해야 속이 후련할 것 같았다. 소란을 틈타 방아쇠를 당기려던 순간, 이를 알아챈 보윤이 날쌔게 희주 팔을 잡아당겨 안고 몸을 돌렸다. 다행히 창문이 쏜 총알은 허공으로 날아갔다.

섬사람들은 너도나도 달려들어 일행들과 몸싸움을 벌였다. 흡혈귀의 힘을 이길 남자들은 없었다. 칠봉아비가 피투성이 된 학철을 부축했다.

"이놈아, 아이고."

"죄송해요."

보윤은 품에 안긴 희주를 바라보았다.

"괜찮소? 다친 데는 없소?"

"위험해요. 나한테서 떨어져요."

"우릴 구하지 않았소."

보윤은 희주를 자신의 등 뒤로 물리고 황 대감에게 말했다.

"보세요, 아버님. 희주 씨는 우리를 구했습니다. 해치는 게 아니라고요."

"예언이 잘못된 거란 말인가."

황 대감의 머릿속이 복잡했다. 칠봉아비 또한 난감했지만 의심을 완전히 거둘 수는 없었다.

"그래도…… 장정들을 이렇게 난장을 만들 정도면…… 무당 말대로……."

"잠시만요!"

모두가 돌아보니 혈색이 정상으로 돌아온 개똥어미가 양팔을 내저으며 달려오고 있었다. 개똥아비가 달려가 개똥어미를 부축했다.

"괜찮은가?"

"담피가…… 담피가……."

개똥어미가 헐떡이며 말을 끝까지 뱉지 못하고 팔을 걷어 올렸다.

"그러니까, 희주가 흡혈귀를 죽여요."

그 말에 모두들 겁을 먹고 개똥어미를 쳐다보았다.

"역시 예언이 사실이었단 말이냐?"

황 대감이 묻자 개똥어미가 바늘로 자신의 팔을 찔러 피를 보였다.

"보세요. 피. 붉은 피예요. 인간 피요. 희주 피가 저를 사람으로 만들었어요."

황 대감은 믿을 수 없다는 눈빛으로 개똥어미의 팔을 당겨 피를 확인했다. 분명 인간의 붉은 피였다. 그러고 보니 흡혈귀의 창백했던 안색에 붉은 피가 돌아 혈색이 좋아 보였다. 황 대감은 그제야 긴장을 풀고 숨을 크게 내쉬었다.

"오해였구나. 담피의 피가 흡혈귀를 인간으로 되돌리는 거였어."

칠봉아비가 황 대감에게 사내들을 가리켰다.

"저치들은 어떻게 할까요?"

"이제 우리도 곧 인간이다. 공권력 덕 좀 봐야겠지?"

황 대감의 표정에 미소가 번졌다.

에필로그

황 대감의 신고로 선착장에 도착한 해경은 사채업자들을 끌고 배에 태웠다. 피범벅이 된 사채업자들은 씩씩거리며 배에 올라 탔다. 불법도박 수배자인 그들을 몰아낸 섬사람들은 아주 오랜만에 평화로운 밤을 맞이했다.

섬사람들은 황 대감 마당에 모여 희주의 피를 담은 소주잔을 높이 치켜들고 건배를 외쳤다. 모두들 원샷하고, 보윤도 피를 들이켰다. 희주는 보윤의 소감이 궁금했다.

"맛있어요?"

"달디다오."

보윤이 입맛을 다셨다.

"내 피라서?"

희주가 눈을 반짝이며 물었다. 보윤의 표정은 진지했다.

"진짜 단맛이오."

희주가 입술을 삐죽였다.

"그러고 보니, 할아버지 친구면…… 힐, 내가 할아버지 친구를
좋아하는 거예요?"

보윤이 난감한 표정으로 얼버무리듯 답했다.

"엄밀히 말하면 금 도령과는 친구가 아니오. 금 도령이 나보다
한 살 많소."

희주가 투덜거리듯이 보윤의 어깨를 손으로 툭툭 쳤다. 보윤
은 희주의 손목을 잡고는 사람들의 눈치를 살피며 희주 손에 깍
지를 꼈다. 희주는 부끄러운 듯 고개를 숙이고 빙긋 웃었다.

희주의 피를 먹고 한차례 고열을 앓은 섬사람들은 130년 만에
인간으로 돌아왔고 더 이상 태양을 피하지 않았다.

그러나 복분은 여전히 선크림을 두껍게 발랐다.

"선크림을 왜 그렇게 덕지덕지 발랐어? 이젠 햇빛 봐도 돼!"

박훈의 말에 복분이 양산을 펼쳐 들었다.

"햇빛 보면 기미 올라와. 관리해야지."

"그래? 그럼……."

박훈은 신이 난 듯 양손으로 복분의 배를 가렸다. 복분이 남사
스럽다는 듯 주변의 눈치를 보았다.

"뭐 해?"

"우리 애 태어나기 전에 기미 생길까 봐."

"서방님도 참······."

자귀도는 이루의 유튜브 채널과 호러 동호인들이 SNS에 올린
영상 덕에 흡혈 마을로 유명해져 관광객을 받기 시작했다. 마을
입구에 '조용한 흡혈마을'이라고 크게 현판도 세웠다. 학철의 배
는 연일 관광객들로 만선을 이뤘다. 학철의 배에서 관광객들이
내리면 칠봉아비가 안내를 맡았다.

마을 입구에 있는 관광 안내소에서는 복분과 박훈이 매표를
하고 관광객들이 호러 복장으로 꾸밀 수 있도록 도왔다.

칠봉은 실험실에 의원 간판을 달고 관광객들의 맥을 짚으며
침을 놓았다.

교사를 꿈꿨던 황 대감은 초졸 검정고시를 위해 공부를 시작
했다. 개똥이는 '김아이유'로 개명을 하고 학교에서 배운 영어를
황 대감에게 가르쳤다.

"스멀, 포컷, 헌그리, 해피."

황 대감이 힘들게 발음하자 개똥이가 책상을 손바닥으로 탁탁
내리쳤다.

"아니, 해피 말고 다 발음이 이상하잖아요. 혀를 굴리세요."

"아, 알았다. 스멀."

"스멀이라니까요. 아니, 알 발음, 에프 발음, 번데기 발음 이런
게 어렵지. 스멜. 이게 뭐가 어려워요. 참나."

"아, 거참."

"다시, 백 번 따라 하세요. 이래서 초등 검정고시 합격하겠어요?"

황 대감은 개똥이가 호통을 칠 때마다 기분이 상했지만 꾹 눌러 참았다.

보윤은 드디어 〈조선 흡혈 종사관 담피〉 팬 사인회를 열었다. 이루는 그 옆에서 매니저처럼 지켜보고 있었다. 카메라 플래시가 터지고, 보윤에게 선물을 한아름 내미는 팬들로 북새통을 이뤘다. 어떤 팬들은 보윤의 손을 잡고 스킨십을 시도했는데 그때마다 이루가 이를 저지했다.

희주는 자귀도에서 '담피 장작구이'를 차렸다. 수술을 잘 마치고 건강을 되찾은 말년과 개똥어미는 주방에서 음식을 차렸다. 마당에서 장작을 패던 희주는 이루에게서 걸려온 영상통화를 받기 위해 잠시 도끼를 내려놓았다.

"어린 애, 스킨십 하는 애, 이쁜 애들 멀리 떨어뜨렸어."

"키운 보람이 있네. 나중에 네 형부 될 거니까. 계속 감시해."

이때, 보윤이 이루의 전화기를 가로챘다.

"나 형부 되는 거야?"

희주는 부끄러워 급히 말을 돌렸다.

"어? 어, 손님들 와요. 저녁에 봐요."

마당에서 개똥아비가 손님을 이끌고 들어왔다.

"손님 들어가, 여기 불."

희주의 얼굴에 미소가 번졌다. 희주는 로또가 당첨되었던 단골손님을 떠올렸다. 로또 1등 상금을 받고 지금은 행복할까? 희주의 생각은 창문에게 빼앗긴 로또 용지로 이어졌다. 당첨일 리가 없었다. 그랬다면 창문이 이 섬까지 쫓아오지 않았을 테니까.

그간 희주의 삶은 사슬로 묶여 깊은 바다에 갇혀 있었다. 행복을 꿈꾸는 사람조차 부러움의 대상일 만큼 희망이 없는 지옥이었다. 이제야 비로소 수면 위로 올라와 숨을 쉬고 어떤 삶을 살아야 할지 고민할 수 있게 되었다.

"인간으로 살맛 난다."

희주 머리 위로 갈매기 한 마리가 날아들었다. 눈 옆에 검은 털이 난 갈매기였다. 갈매기는 절벽 중간에 위치한 제 둥지를 찾아 유영했다. 지푸라기가 깔린 둥지에 세 개의 알이 놓여 있었고, 그 가운데 로또 용지가 바람에 펄럭거렸다.

작가의 말

인간을 초월한 존재들이 '인간이 되고 싶어' 안달입니다. 구미
호는 인간 100명의 비릿한 간을 꾹 참고 먹었고 곰은 마늘과 쑥
으로 민족을 일으켰습니다. 그만큼 인간은 매력적인가 봅니다.
이유도 다양합니다. 프랑켄슈타인은 사랑을 받아주고 자신을 이
해해 줄 누군가를 얻기 위해, 피노키오는 성장하고 싶어서, 인어
아가씨는 그놈의 사랑 때문에. 인간은 신이 되려고 바벨탑을 쌓
고, 신 같은 영생의 존재들은 인간이 되려 하니 아이러니입니다.

'왜들 인간이 되고 싶었던 걸까? 정작 인간인 나는 인간답게
살고 있는 것인가?' 이 질문을 시작으로 인간이 되고 싶은 흡혈
귀의 이야기를 쓰게 되었습니다.

저는 오랜 시간 드라마 작가를 꿈꿨고 그 꿈을 이루어야만 인
간답게 살 것 같았습니다. 해마다 공모전에서 떨어지는 절망을
극복하며 나이를 먹어 갔고 딱 오십 살까지만 쓰고 작가가 아닌
독자로 살겠다 생각했을 때, 여러 공모전에서 당선 소식을 들을
수 있었습니다. 포기하지 않으니 조금씩 결실이 생겼습니다. 희

망의 문도 점점 커졌습니다. 이제야 인간답게 살 수 있을 것 같았습니다. 하지만 제 글은 여전히 세상에 나오지 못했습니다. 희망이 신기루 같다는 생각이 들 때 즈음 제 삶을 돌아보았습니다. 그리고 깨달았습니다. '나는 글 쓰는 것을 좋아했지'. 그러니 좋아하는 것을 계속하면서 인간답게 살았다는 생각이 들었습니다. '인간답게'란 주관적인 것이니까요.

작가는 답을 찾았지만 독자들은 어떤 답을 찾을지 궁금합니다. 부디 여러분의 삶이 행복한 인생이길 소망합니다.

사랑하는 나의 주님, 부모님, 힘이 되어주신 성장용 님, 정명희 님, June park 님, 김정은 부장님, 조대한 평론가님, 부산영상위원회, 인천영상위원회, 한국영상위원회, 부산정보산업진흥원, 제주영상문화산업진흥원, 그리고 제 글을 선택해주신 독자님께 깊은 고마움을 전합니다.

조용한 흡혈마을

© 성요셉, 2023

초판 1쇄 인쇄일 2023년 2월 15일
초판 1쇄 발행일 2023년 2월 22일

지은이   성요셉
펴낸이   정은영
책임편집   이태은
디자인   연태경
마케팅   유정래 한정우 전강산
제작   홍동근

펴낸곳   네오북스
출판등록   2013년 4월 19일 제2013-000123호
주소   10881 경기도 파주시 회동길 325-20
전화   편집부 (02)324-2347, 경영지원부 (02)325-6047
팩스   편집부 (02)324-2348, 경영지원부 (02)2648-1311
이메일   neofiction@jamobook.com

ISBN 979-11-5740-354-7 (03810)